開高健のパリ

開高　健

絵　モーリス・ユトリロ
解説　角田光代
写真　山下郁夫

集英社

開高健のパリ

開高健とパリ――解説にかえて

角田光代

作家には、完成型と成長型とがあると私は思っている。完成型の作家は、十代だろうが二十歳そこそこだろうが、デビューしたときにすでに確固たる文体を持っている。その文体で提示する世界観もすでに会得している。対して成長型は、デビューしてからじょじょに文体を獲得し、模索しながら自身の世界観を作り出していく。こちらの作家の文体は、デビュー作と十年後でいちじるしく変わることもある。

開高健は、完璧な前者だ。満二十六歳のときに発表した『パニック』はすでに開高健作品として完成されている。その翌年、『裸の王様』で芥川賞を受賞する。二十七歳という年齢を考えると、ずいぶん早い受賞だったのだなとあらためて驚くけれど、でも、開高健作品にとっては二十七歳も四十七歳も、あんまり関係ないのかもしれない。作品を発表したときに、すでに開高健として完成されていたのだから。興味深いことに、キャッチコピーとしても、小説としても、である。

こんなふうに完成された作家のことを、天才と呼んでもいいのだと思う。が、開高健は悩める天才だった。書くことに苦しんだ天才だった。私はそのことと、この作家の「異国への旅」を関連付けて考えずにはいられない。

開高健は、少年時代に日本から密出国することをひたすら夢見ていた。異国に亡命することに焦がれていた。「外国に逃げられないから」読書に亡命していた、とみずから書いている。戦後、貧困を極める時代に、開高少年は働きながらひたすら書物の大海を泳ぐ。そうすれば本に描かれる異国に泳ぎ着けるかのようにむさぼり読む。

二十一歳、まだ学生の時分に父となり、結婚し、その後大学を卒業、壽屋《ことぶきや》に勤務し、数年して芥川賞を受賞する。すでに開高健として作品は完成されていると先にも書いたが、でも、決定的に足りないものがあった。異国だ。旅だ。

開高健は芥川賞の受賞前から、「自身の内心によりそって作品を書くことはするまいと決心していた」。だから受賞後、七年のあいだに書いたものはみな「〃外へ！〃という志向で文体を工夫すること、素材を選ぶことにふけった」。それを本人は「遠心力で書く文学」と書いている（以上の引用は『青い月曜日』）。外へ、外へ！　彼の思う「外」は社会である。小説の中心を、自己ではなく社会に置く。しかし、それには日本社会という限界があった。この場合の「外へ！」はまったく異なる意味だけれど、でも、私には、日本の外へ、と願う声にも思えるのである。もっと外へ。限界の外へ。

この作家に、はじめて異国に足を踏み出す機会が訪れたのは一九六〇年。三十歳になろうとしている作家は、中国訪問日本文学代表団の一員として中国を訪問している。同年九月、招待を受けルーマニア、チェコスロバキア、ポーランドをまわり、十二月にパリを経て帰国している。この年の二度の旅は、作家にとって文字通りはじめてのこの国の「外」、言葉の外にある未知の世界だった。

そうしてこの旅が、開高健という作家を、完成されているにもかかわらず大きく変容させ、同時に、ものすごく深い困難をも与えた、と私は思う。

と、本書に触れる前に長々と書いてしまったのは、本書に収録された開高健の文章が、いつ書かれたものであるかということが、非常に重要な気がするからだ。いや、私にとって、非常に興味深いからだ、というほうが正確だ。

本書のおおもとになっている画集『現代美術15　ユトリロ』（みすず書房）が刊行されたのは一九六一年二月。はじめての旅ののちだ。しかし作家が、人間がいやでいやでたまらなくなって、ユトリロの絵を見ることで、すれっからしになった「内部のある領域」にみずみずしさを蘇《よみがえ》らせていたのは、実際のパリを見る前のことだろう。作家は、ユトリロの絵でパリを見て、パリと同化した。一枚一枚の作品紹介は、実際にパリに滞在したのちに書かれたのではないかと私は想像する。

ユトリロの描いたパリと、開高健の書いたパリは、私にはまったく異なる印象を残す。異なるどころか対極だとすら思う。かたや、人のまったくいない、「人間への拒絶」を示すパリであり、かたや、食べもののにおいと人間の熱と絶え間ないおしゃべりに満ちたパリである。ユトリロの描くパリは静で、開高健の書くパリは川のように止まることのない動だ。だから、この作家がユトリロの絵に惹《ひ》かれた、というのは不思議なのである。

でも、実際にパリにいく前に、その目で一度でも異国を見るより前に、この画家の絵を見ていたら……と考えると、その不思議は消える。まさに「眼《め》は木を眺めて木になり、壁を眺めて壁になる」ように、開高健はユトリロの眼によって生まれた「新しいパリ」を見ることで、パリそのものになったのだろう。

そしてもうひとつ、三十歳になるかならないかの開高健が、ユトリロの絵に寄り添った理由に、きっぱりとした孤独があるように思う。

私はユトリロの絵を見て、なんと寒々しい光景ばかりなのだろうと思ってしまう。人間が描かれていないからばかりではない。音も聞こえてこない。陽射《ひざ》しにあふれていても寒々しく感じる。開高健が書く「生への愉悦」を、私は感じ取ることはできない。

その孤独は、堂々とただそこにある。ひねくれてもいないし、ひけらかしてもいない。いじけてもおらず、胸を張ってもいない。ほかのものを何も付随させていない。ただ、しんとしてそこにある。この孤独の堂々さ具合を、開高健は「透明なオプティミズム」と見たのかもしれない。

人間を拒絶しながら、でも、生への愉悦がある、地上の生活にたいする静謐《せいひつ》な喜びがある、というのは、後に開高健が自身を説明する言葉、「人間嫌いなのに、人間から離れられない」

（『地球はグラスのふちを回る』）とまったく同じである。

さて、そして三十歳の開高健は現実のパリに降り立つ。ユトリロのパリと実際のパリはところどころで重なって、若い作家を歓喜させただろう。

先に、作品紹介は実際のパリ滞在の後ではないかと書いた。それは、絵に寄せられた文章が、あきらかに絵よりもはるかに人間くさく、生き生きと躍動しているからである。たとえば「パリのアンドレア・デル・サルト通り」の絵に開高健は、

「……生きよう！」

キャフェに人は集り、春の芽のように路上に姿が生れ、空に鐘は鳴る。

と、書く。しんと孤独な絵を見て、そう書く。かつてユトリロのパリを見ていた開高健は、旅をしたのちは、ユトリロの絵に自身の眼がとらえたパリを見るようになったのではないか。まさに「タケシのパリ」を。

一九六〇年にはじめて訪れたのち、翌年は二度もパリにいっている。このうちの一度は、

本書でも触れているサルトルとの会見のときだ。

異国に逃亡することに焦がれていた作家は、実際に異国を旅して、パリにも、旅にも取り憑《つ》かれた。何かを取り戻すかのように幾度も長い旅をくり返し、ルポルタージュは書くが、不思議なことに小説はほとんど書いていない。書けなくなったのではないかと私は思う。日本という限界を超えていって、「遠心力で書く文学」は意味をなさなくなった。あるいは、異国という自身の「経験」と「小説」の折り合いが見つけられなかったのか。

それを打破するのは一九六四年、特派員としてのベトナム戦争体験である。ここで彼は「経験」と「小説」を奇跡のように融合させた。遠心力と求心力を同時に使って小説を書いた。すでに完成されていた開高健作品の、さらなる高みに到達した。しかしそのことは、作家をさらに苦しめる。この作家は小説においては怠けることをしない。同じことをくり返さない。完成されているのに、もっと完成させなければならないと思っている。

こののち、ときがたって一九七一年、開高健は自身のパリを完成させる。『夏の闇』という小説が切り取るパリが、彼のパリの完成形のように思える。倦怠《けんたい》に襲われた無気力な作家が、騒々しくて薄汚くて、あらゆる食べもののにおいがひしめく生き生きとしたパリに暮らしている。未《いま》だパリを見ぬ作家が絵画のパリを見たように、未だパリを知らなかった二十代の私はこの小説でパリを知った。

ところで、どうも開高健は小説を書けなくなるとルポルタージュやエッセイを書いたような印象がある。具体的には、旅に取り憑かれて以降と、ベトナム戦争体験以降だ。『夏の闇』の主人公も書けなくなった作家である。彼には「頭の地獄に堕《お》ちたら手足を動かせ」という名言があり、それは釣りについての言葉だったけれど、でもそれはこの作家の姿勢だったように思う。書けないときは、東京を、あるいは世界を、自身の足で歩いて取材し、人の声に耳を傾け、釣りをして、旅をして、そうすることで、ともかく文章を書き続けた。それは、アルコール依存症のために精神を病み、そこから脱出するために絵を描き続けたという若きユトリロの姿と重なりもする。

中年以降のユトリロの絵について、開高健は「幸福な馬鹿」「いたましい駄作、凡作」と痛烈極まりない。これを読むと、裕福になっておいしいものを食べて贅沢《ぜいたく》をしながら、人間はよいものは作れない、とこの作家が考えていたのだとわかる。ものを作り出すことはこの作家にとってつねに苦しみだった、というよりも、自身に苦しみを課して課して書いていた、のかもしれない。

この作家も、上等なぶどう酒を飲み、贅を極めた料理を食べ尽くしたはずである。でもそれは、本書の「続・思いだす」に書かれているとおり、「両極端は一致する」という定理に則《のっと》ったものだ。上等な酒と贅を極めた食事は、この作家にとって、飢えと同じことだった。飢えながら彼は食べ続け、飲み続けた。そうすることで飢えを手放さなかった。

その定理について考えると、人間嫌いで人間から離れられない、ということも、一致している。開高健の人間嫌いは極端なものだったのだろうし、人間にたいする興味、あるいは人間を描きたいと思う執念も、極端なものだったのだろう。一致するほどに。

実際のパリに何度も通った開高健は、ベトナムから帰った開高健は、『夏の闇』でパリを描いた開高健は、やはりユトリロのパリを好んだだろうか。無人のパリに思いを馳《は》せただろうか。知りようがないけれど、そう考えてみるだけで、ユトリロの絵も私には変わって見えてくる。

開高健・ユトリロ関連地図

開高健がその「空気が好き」と記したカルチェ・ラタン界隈とユトリロの愛したモンマルトル。作家も画家も魅了する街、パリ。

年譜　開高健とパリの旅

1958年2月「裸の王様」で芥川賞受賞
1959年8月『屋根裏の独白』刊行
　11月『日本三文オペラ』刊行
1960年5月30日、中国訪問日本文学代表団の一員として中国を訪問。
　香港から広州、北京、上海をまわって7月6日帰国。
　9月、ルーマニア平和委員会、チェコスロバキア作家同盟、ポーランド文化省に招待され、それぞれの国を訪問（ルポ「過去と未来の国々」に結実）、12月、パリを経て帰国。
　12月『ロビンソンの末裔』刊行
1961年2月、「モーリス・ユトリロ」を収録した『現代美術15　ユトリロ』をみすず書房より刊行
　4月『過去と未来の国々―中国と東欧―』（岩波新書）刊行
　5月～11月「片隅の迷路」を毎日新聞に連載。
　7月、アイヒマン裁判傍聴のためエルサレムに滞在。アテネ、デルフィ、イスタンブール、パリをまわって9月に帰国。
　10月28日、ソビエト作家同盟の招待を受け、ナホトカ経由でモスクワへ。レニングラード、タシュケント、サマルカンドを訪れ、東ベルリンから西ベルリンを抜け、パリに至る。大江健三郎らとサルトルに会見。（「声の狩人」に結実）
1962年1月4日、マドリード、ローマを経て帰国。
　11月『声の狩人』（岩波新書）刊行

１９６３年7月~9月「日本人の遊び場」を「週刊朝日」に連載。

10月~翌年11月「ずばり東京」を「週刊朝日」に連載。

１９６４年11月15日、朝日新聞社臨時海外特派員としてベトナムへ出発。帰国は翌年１９６５年2月24日。(「ベトナム戦記」他に結実)

(＊ベトナム戦争取材のまえに「青い月曜日」前半5回分の原稿を「文學界」編集長にわたす。連載は65年1月~67年4月、本の刊行は１９６９年1月。)

(＊以降68年、69年、73年、87年、パリを訪問している。)

目次

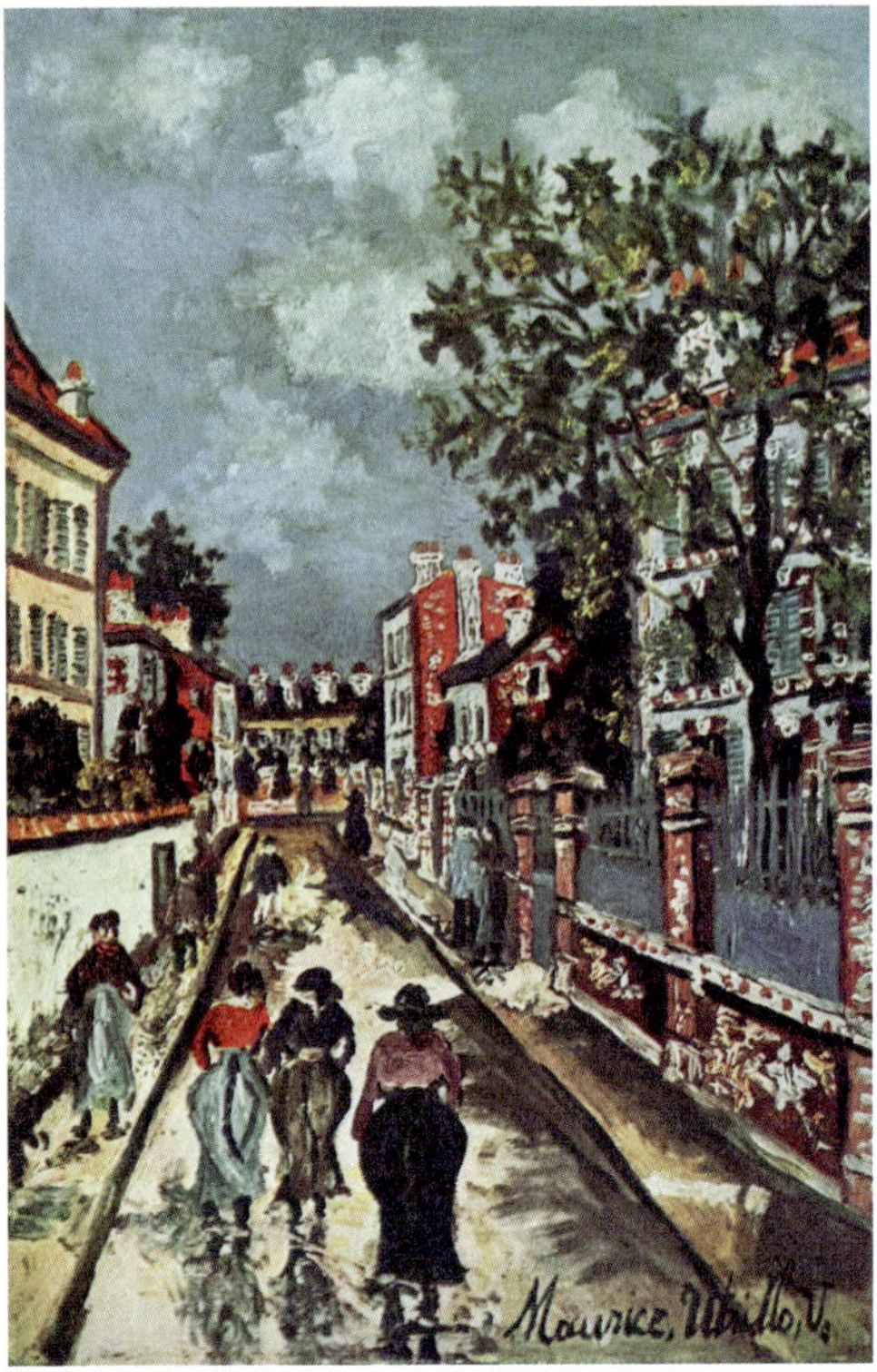

街景

ユトリロの創作力の質的な限界はだいたい一九二五年頃からである。その頃から彼は実人生においてめぐまれだし、リュシー夫人の保護をうけて、いわば、幸福な馬鹿になりだした。この時期以後の作品は数は多いが、かつての、新鮮な回生の体験がタブローごとにこめられる、というような、そのようなパレットのとりあげかたができなくなった。たわいなく、涙にうるみ、ノホホンとして、郷愁だけが発達したテクニクのなかにただようばかりとなった。

けれどこの作品には転回直前の光輝がうかがえる。雨あがりの道で女たちはうつくしく輝き、樹木も、空も、壁もぬぐいとったように新鮮で華麗である。(開高)

何年も以前になるが、ある時期、人間がいやでいやでたまらなくなったことがあった。

その衝動をおさえることができなかった。右を見ても左を見ても薄汚ない、みじめな、必死なのかも知れないが同時に猥雑《わいざつ》きわまる風景だけしか眼に入らなかった。また、そういうものから逃げだしておちょぼ口で芸術のことなど喋《しゃべ》っている連中も同時にいやでいやでならなかった。人とまじわると相手を傷つけてまわることしかできない。で、私は人から遠ざかることに努力し、すべてを拒んで暮すことを考えた。そのため、毎日つかみどころのない疲労をおぼえ、苦しくてならなくなった。自己省察に衰えた。凝視のむなしさと不毛にやがて気がついたが、そのときは佇《たたず》んでいるよりほかに始末がつかなくなっていた。部屋の窓ぎわに寝ころんで街の騒音を聞くだけで一日がはじまって閉じる。自分がくたびれきった半透明の水母《くらげ》のように思えたこともある。そうやってよこたわってただぶるぶるとにぶくふるえて陽を反射しながら、自分ではしきりに、なにごとか、なにものかを待ちつづけているのだと思いつめていた。なにを待っているのかわからない。女の笑声であってもよかったし、音楽のひとかけらであってもよかったのだろうと思う。ありじごくのような砂の凹《くぼ》みの底におちているらしく、なんだかあたりは薄暗く、淡青色の靄《もや》がたちこめているようだった。その靄のなかで人や自動車のざわめく気配がした。

私の神経はあさはかにもろくなって、かすかな暗示にでもそよぎたった。文学書から遠ざかってよく画集をあれこれといそがしく繰ったが、スーチンやムンクの作品などにとくに心をひかれた。スーチン[*1]のあさましくふすぼった、暗く熱い生への渇望にうたれて見とれることもしばしばだし、ムンクの病いや恐怖にひきずられたことも何度かあった。彼らは日と季節をおいて何度も死んだりよみがえったりした。馬鹿にしていたユトリロもこの頃になるとどこからかもどってきた。疲れきって倦《う》んだなかで眺めてみると、彼の作品にはふしぎな生のよろこびのただよっていることがわかった。以前はそういう気配が発見できなかったし、眼に入ってもそっぽを向こうとばかりしていたので、意味を考えることはもちろん、とても味わうことなどできたものではない。だいたいものごとを〝味わう〟などという姿勢そのものが鼻もちならず思えてならなかったのである。

ユトリロの画にはかたくなな拒否の表情がある。しかし、それにもかかわらずどこかあどけないといってもいいほどの透明なオプティミズムがあるのだ。たしかにそれはある。読みとれる。彼は素人画家で、クレーのような形而上学《けいじじようがく》の操作もないし、ルオーのような信仰もあると思えない。ピカソの振動もないし、おなじマイナー・ポーエットのスーチンののめりこむような激情もない。多くの人はロマンチックな芸術家崇拝の私小説根性、楽屋裏趣味からして古きよき時代の街のアル中患者行状記と抱きあわせにして彼の作品を語ろうとする。画家ユトリロはボヘミアンと組んで二人一揃《ひとそろ》いにならなければ鑑賞の対象となり得ないかのようである。

ユトリロの傑作がつくられたのはきびしく眺めていけば七十二年の生涯のうちの二十歳後半期から三十歳台にかけてのわずか十数年の間のことで、ベルギーの金持の後家さんと結婚してから以後の後半生にはほとんど見るべき作品がのこされていない。レジオン・ドヌールをもらい、豪華な別荘に住み、とびきり上等のぶどう酒を飲み、熱心なカトリック信者で、

肥《ふと》ったやさしい妻にいたわられ、せっせと規則正しくおびただしい数の作品を生んだが、それらは前半生のものにくらべると幸福な馬鹿とでもいうよりほかない、いたましい駄作、凡作ばかりで、しかもそのことに彼は焦躁を感じなかったもののようである。これは一人の、敗れながら超越し、恵まれて衰えていった一人の男の悲喜劇の生涯であるが、それを問題にすることは作品の価値そのものよりは作家の人格そのものの評価に腐心したがる私たちのわるい癖から

ベルリオーズの家と アンリ四世の猟小屋

ゆれて、かたむいてふるえる心に冬が来た。

みぞれ。氷雨。風。枯木。野菜がないとせむしになる。陽がでなければ歩けない。窓は閉めたが燃やす木が心細い。壁の白さが眼に痛い。

ふすぼった欲情。

憂鬱と焦躁《しょうそう》。

神経叢《しんけいそう》の暗いざわめき。

大太鼓の波のようなクレッセンドが腐った屋根を圧《お》してひびき、酸に犯されて錆《さ》びた空は舌ににがいかたまりをのこす。

ひとりで酔ってくるめく日。（開高）

何年も以前になるが……

Maison au toit de chaume, ancien rendez-vous de chasse d'Henri IV, Montmartre　1916頃

して、もうやめておきたい。

　十数年の昂揚期《こうようき》を通じてユトリロについて眺められることは、一つには、その、執拗《しつよう》な人間嫌《ミザントロープ》いの志向である。壁や屋根や木については同時代の誰も表現できなかった、彼独自のすばらしい色価を創出したが、この風景のなかには人間が拒まれていた。壁も、屋根も、木も、すべてが生活のひめやかな熱と垢《あか》の匂いをつたえながら、キャンヴァスにあらわれたものは、すべて、無人の世界であった。いままで人がそこに住んでいた気配がはっきり感じられるのに行ってみれば人びとが一人のこらず去った瞬後、あるいは人びとがこれからやって来て住もうとするのにすでに久しい生活の気配が印されている、ある瞬前。この時期のユトリロの作品はつねにその二つのうちの一つか、二つのいずれもの合唱か、にわかれるように思われる。けれど、いずれの場合も私たちが感じとるのは、画布に薄ら陽のようにひそやかに、またときには夕陽の光輝のようにくるめいて燃えたつ、生への愉悦である。その愉悦の色彩のなかには毒もなければ主張もなく、道徳もなければ制度もない。ただやわらかな皮膚がすみずみにまで、ある感覚をみなぎらせて歩いてゆく、その感覚を知らされるまでである。これはあきらかに、〝才能〟の世界ではない。解釈の世界でもなければ、昂揚の世界でもない。しいていえば、資質の世界である。知性よりは本能、頭よりは心臓、語るよりは黙る世界である。疲れ果てた人がどうしてここでしばらく腰をおろして忘我の数瞬を味わっていけないことがあるだろうか。眼は木を眺めて木になり、壁を眺めて壁になるばかりである。分析と義務と時間にむしばまれた人びとが皮膚をほどく、さわやかな場所である。分裂もなければ病いもなく、恐怖もなく、孤独ななかに微妙な温かさと明晰《めいせき》さがただよう。その健康さはたとえばゴーガンの描きだしたような狂おしい生の氾濫ではなく、人をひしいで感動させるということがない。彼の同時代者たちのダダイストやシュルレアリストたちが狂おしい憤怒の衝動にかりたてられていらだたしい叫び声をあげたのに比してただ彼はモンマルトルの一隅に佇んで澄んだ第三の眼をひらいているだけだった。病んだヨーロッパの二十世紀にはどうしてそうであり得たのかを訝《いぶか》しみたくなるような清澄さを彼は保持した。その彼の眼によって新しいパリが生れた。おびただしい数の人びとが丘をおり河岸を歩きながらパリがユトリロに倣《なら》いはじめたのをさとらされ、知らされた。

　ユトリロはもともと画を描きたくて描きだしたのではない。ただアルコール中毒から逃げだすためにやりはじめたまでである。アルコール中毒の症状はかなり早くからあらわれて、すでに十六、七歳頃から泥酔、乱酔、神経錯乱がはじまっている。治療所に入ったり、医者に見てもらったり、あらゆる手段をつくしたがむだだったので医者のすすめもあって母親のヴァラドンがためしに画を描くことを強制してみた。ユトリロはいやでいやでならなくてずいぶんだだをこねたらしいが、とにかくモンマニィあたりの風景描写からはじめることにした。ただただ酒毒から逃走したいということのほかにはなにもなかった。素人画家の出発である。ラパン・アジールやラ・ベル・ガブリエルやムーラン・ド・ラ・ガレットなど、彼が夜となく昼となく泥酔しては放浪して歩く場所がしばしば画の主題となってくりかえしくりかえし描かれた。すでにキュビスムをはじめとする二十世紀の新芸術の運動が起りはじめていたが彼にはなんの関心もなかった。彼は人に追われ、人を恐れていたので、街角にイーゼルをたてて描くことを避け、ときどきポケットの写生帖《しやせいちよう》をとりだしてはコソコソと人目を盗んでスケッチしたのを家に持って帰ってはキャンヴァスにそれを描きなおすという習性を永くつづけた。ときには黒白写真のお粗末きわまる絵葉書をもとにして描くこともした。彼の画がリアリズムにつらぬかれ、的確きわまる構造の観察につらぬかれている一つの事実と制作の準備にあたってのこの粗暴さとをくらべてみる。また、彼の画布にただよう非現実的

Lapin Agile, rue Saint-Vincent, Montmartre　1912-1914頃

ラパン・アジール

馬鹿みたいにくりかえしくりかえし描いた〝ラパン・アジール〟である。ある日、メニルモンタンからモンマルトル一帯をうろうろしてみて、あちらこちらにユトリロの壁や樹木を発見し、ここもまた通りすぎたが、すでに時代は変っていた。惜しいとも思わなかった。詩と現実の距離におどろく気持はなかった。

ユトリロの時代のこの界隈《かいわい》の空気は、書物と歌と映画とで想像するよりほかなくなった。けれど、当時このあたりがどうだったかということは観光客の興味でしかない。ある芸術にあっては芸術家が「一足す一は三である」といえばそれは三なのだ。二日酔いのユトリロがよろめきよろめき、これがラパン・アジールだというから、はじめてそこに、そのラパン・アジールが生れるまでである。（開高）

なまでに純なうぶさの性質を考えてみる。すると私たちはここにどうしても一人の、見る人、幻視者、ヴォワイヤンの誕生を感じないではいられなくなるのである。それは彼の精力が集中的に創造にそそがれた〝白の時代〟の諸作品を一見して理解できることでもある。彼は自分の望む色をだすためには漆喰《しっくい》でもセメントでも、もし必要なら泥でもゴミでも、どんな材料でも絵具のなかにまぜることをためらわなかったが、その結果できあがるものはきわめてリアリスティックでありながら光学的にも生理学的にでもきわめて非現実的な色と光を帯びた世界であった。そして生涯通じて変らない生活のひめやかな、平安な愉悦をひくいが明朗な、透明な呟《つぶや》きで口ずさみつづけたのである。彼をポピュリスト、アンチミスト*2として評価することは必要ではあるが充分ではない。第三の眼の人として眺めることも忘れられないのである。そしてその眼のさわやかな澄明さはこの病んで衰えて半ば狂った時代に生きている多くの人びとに、もう一度、やすらぎと地上の生活に対する静謐なよろこびをとりかえしてくれるであろうと思われる。彼の画に向うと私たちは埃《ほこ》りまみれになって古びてすれっからしになった自分たちの内部のある領域が、みずみずしくよみがえって樹液の活動のような新鮮さをみなぎらせてくれることを感ずるのである。

（「モーリス・ユトリロ」　1961年初出）

編集部注

ふすぼった＊1　燻《くす》ぼった。くすぶったなどの意。

アンチミスト＊2　intimiste（仏）「親密派」とも呼ばれる、ボナールなど室内画を得意とした画家たち。

モーリス・ユトリロ

1883年12月26日パリ生まれ。母シュザンヌ・ヴァラドンも画家。若い頃からアルコール依存症の傾向があり、その治療の一環として絵を描くようになる。作品のほとんどは風景画で、身近な教会、街景、小路などを好んで描いた。アルコールの影響を強く受け、十代の頃から三十代の終わり頃まで精神病院に入退院を繰り返すが、その間の一時期は「白の時代」と呼ばれ、絵画としての評価がとくに高い（「白の時代」については1908〜14年とする説や1909〜16年とする説など研究者によって諸説がある）。1955年11月5日、南西フランスのダクスで死去。

何年も以前になるが……

村の白い教会

〝白の時代〟と呼ばれる時期の代表作である。無垢の静謐をねがう人には鎮魂曲となるだろう。静謐さと、単純さと、ひそやかなよろこび。ゆれてやまない心のとらえがたい振動のすきに生れる一瞬の真空状態。呆《ほう》けたような空の青にみなぎる田園詩風のほがらかさをおめず臆せず眼に映るままに描き、定着したのである。

おそらくこの単純さと静謐を生んだものもまた彼の生涯のテーマであった人嫌い《ミザントロープ》であろう。

彼の風景画のなかにはきわめて親密でナイーヴな感性と同時に、ある執拗な否認の意識がある。人間がぜったい登場しないのだ。ときたま登場しても、なぜかその数は五人ときまっている。(開高)

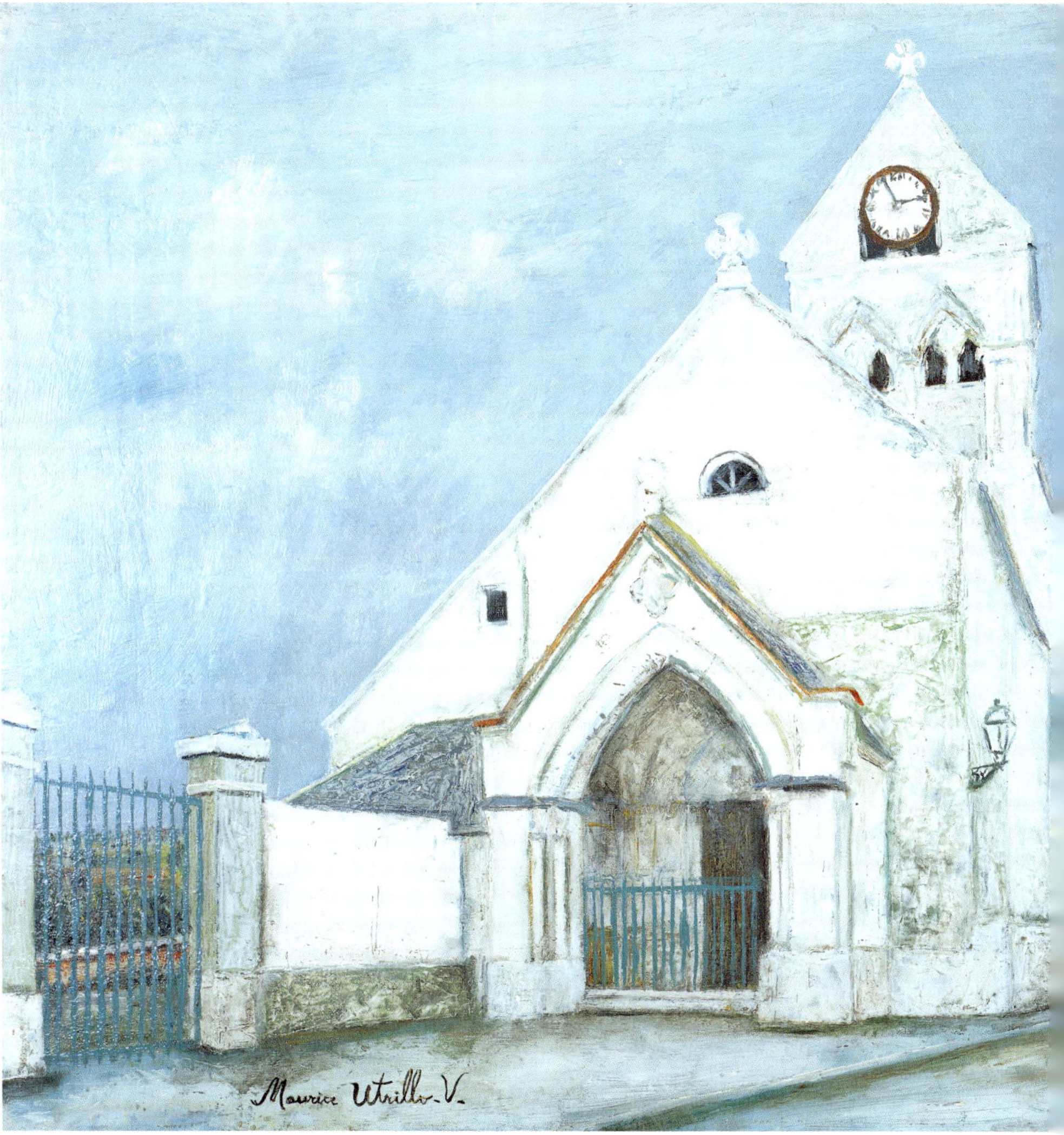

Petite Communiante, église de Torcy-en-Valois (Aisne)　1914-1916頃

パンテオンの正面のゆるい坂は
スーフロ大通りである。

それをおりてゆくとサン・ミシェル大通りに出会う。このあたり学生街の動脈である。リュクサンブールの公園もある。永井荷風が若いころさまよい歩いていたのもこのあたりである。[*1]パンテオンからちょっとさがってすぐ右へ折れたところに、スーフロ屋という小さな旅館があった。あとで人に教えられて、そこに荷風が泊っていたと知った。私もある年の夏に泊ったことがある。暗い、小さな旅館で、おかみさんはやせていて、口数が少く、悲しげな顔をしていた。

　そのすぐ向いにマチュラン屋という小さな旅館がある。別の年の夏、またそのつぎの年の冬、そこに泊った。私は[*2]カルチェ・ラタンの空気が好きなので、いつもそのあたりの小さな学生下宿に泊ることにしていた。おかみさんは何も知らないけれど、この旅館のどこかの部屋に昔、リルケが下宿していた。そして、おそらく『マルテの手記』と思われる原稿を書いていた。夜遊びでくたびれたコクトーが青白い未明のなかをもどってくると、パンテオンをおりてすぐ右のある部屋の窓が、夜が明けたのにまだ灯を消さないで輝いている。それを見てコクトーは考えるのだった。

「ああ。またリルケが痛がっている」

冬、マチュラン屋の小さな一人部屋に閉じこもって本を読んでいると、凍《い》てつくような寒さが古い壁からおしよせてくる。私はベッドのなかで、ふるえながらぶどう酒をラッパ飲みするが、瓶の口で歯が鳴る。孤独の寒さでもあった。この古い、朽ちた、華やかな石の街には森のような夜が訪れる。たえまなく遠くに潮騒《しおさい》のような自動車の流れる音がひびいているが、部屋のなかでは凍てた夜が肉を切って骨までひびく。ときどき獣が鋭い叫び声をたてるのは、自動車が街角で急カーブを切るきしりであった。マロニエの枯葉一枚、一枚にも人の指紋がついているかと思えるこの街に、ジャングルのような夜が沈んでくる。

公園やサン・ミシェル通りには、さまざまなしがない大道芸人や物売りがいる。ガソリンをのんで火を噴く男。剣のような針をグサリと腕につき刺して一滴の血もださない男。胸で鉄鎖を切る男。金魚鉢のトノサマガエルをのみこんでポンと腹をたたくと、ああら不思議、小川のように水が口からとびだして、カエルもいっしょにぴょんぴょんとびだしてくるという……ただそうやって、一日に何回かカエルをのんだり吐いたりして暮している男。歩道にチョークで円を書き、そこへヒョイヒョイと六枚の紙の円板を投げ、一ミリの狂いもなく円周内に並べてみせる老人。一回が百フラン。首尾よくかないましたら何と、ナポレオン・コニャックを一本進呈しましょう……というのに釣られて投げてみると、二枚、三枚はうまくいくが、四枚めあたりで、きっと紙板はかさなってしまい、老人はいたましげに、残念ですとつぶやいて、ブリキの銭箱に百フランをチャリン。天才を抱きながら歩道のわきにうずくまって、ただそれだけで一生をうっちゃってきた毅然《きぜん》たる老人。

ムーラン・ド・ラ・ガレット

こんな風景はもうパリにはない。アンシャン・ベレポック（古きよき時代）の牧歌というよりほかない。ただし、ユトリロ一人にとっては、夜、この風車がどのように残忍で巨大な巨人に見えたことか。

大戦後の私たちの感性には〝荒地願望〟とでも呼ぶべき衝動がひそんでいる。正常な世界、諧調と協和の日、ひそやかな生活のよろこびは私たちにとってなにか気恥かしくて正視できないものとなったかに見えることがある。しかし、ときにはここに来て空をわたる川のような遠い風音と温かい微風になごんで路傍に腰をおろす一時間があってもよいではないか。（開高）

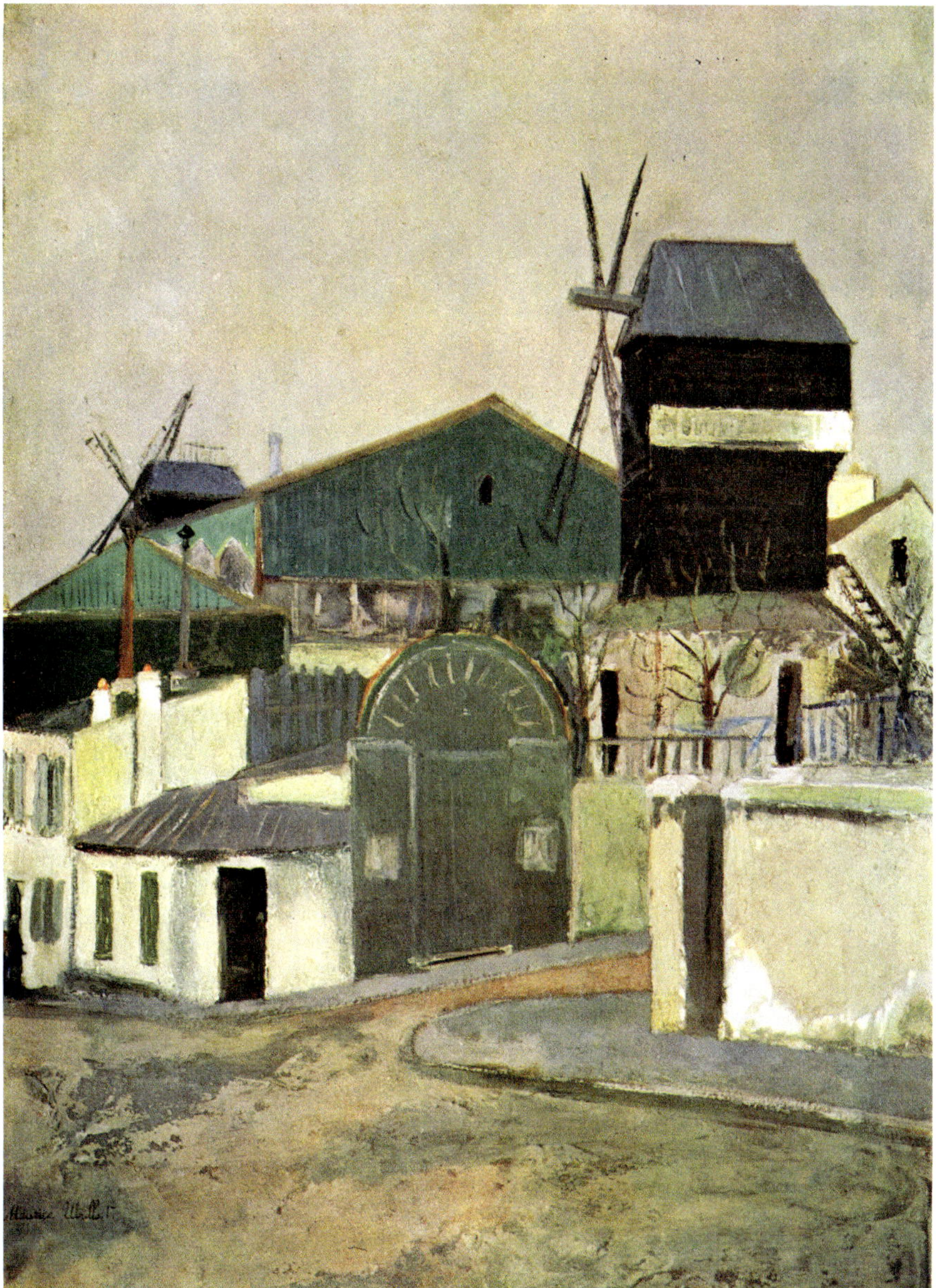

Moulin de la Galette, Montmartre　1910-1912頃

夏になって、〝大出発《グラン・デパール》〟といってパリの住人がみんな南フランスへ日光を浴びに逃げだすと、レストランやキャフェは扉をしめ、イスをテーブルにあげ、街はからっぽ、まるで巨大な博物館のクジラの骨のようになる。そこへアメリカのじいさん、ばあさんが繰りこんで、緑したたるドルをふりまいて歩く。セーヌをガラス張りの〝蝿舟《バトオ・ムーシュ》〟が観光客を満載して上ったり、下ったり、せっせとかせぐ。その舟に夜乗ると、おもしろい。舟のサーチライトが中之島《イール・ド・ラ・シテ》のノートル・ダム寺院の尖塔《せんとう》を夜空に壮大に浮びあがらせるが、その光芒《こうぼう》がひょいとずれると、河岸で生きるよろこびにふけっている男女の姿が、ふと、とらえられることがある。女は顔をそむけたまま手をふってみせる。舟ではクスクス、ワヤワヤ、アッハッハッハハハ。もっとよく見ようと目をこらしたとたんにサーチライトが消える。あとは原生林の闇。口ごもった失望。怒り。アメ玉をとり上げられた子供の不平。舌うちの声。それからふたたび、クスクス、ワヤワヤ、アッハッハハハ。

冬でもノエル（クリスマス）になると、みんなどこかへ消えてしまう。サン・ミシェル通りでは焼きグリ屋が〝マロン・ショオ〟（熱いクリ）、〝マロン・ショオ〟と叫ぶが、客はあまりいない。廃兵たちが小屋を並べて輪投げ、射的、投げ矢の店を張るが、学生たちの目は寒くて、うつろである。私は焼きグリを買ってキャフェに入る。亜鉛張りのコントワール[*3]に紙袋をおいて、一個ずつむいて食べる。焼きグリは白ぶどう酒によくあうのである。熱でしびれた指さきをフッ、フッと吹いたり、耳たぶをつまんだりして一個ずつむきだし、かすかな甘さのある粉が口いっぱいにひろがったところを風船玉《バロン》グラスの白ぶどう酒で洗い、グビリ、グビリとのみくだす。それから霧粒で曇ったドアをおして歩道にでると、カタツムリか、ムールを安くてうまく食べさせる店はないかと物色にかかる。いつかムールは蚤《のみ》の市のはずれの屋台で食ったのがうまかった。貝殻をハサミがわりにして身をはさみだすのである。日本では貽貝《いがい》といわれている黒い二枚貝。それを、大なべでグラグラ湯をわかしたなかへひとつかみほりこみ、バターをちょっぴり、塩をひとつまみ、パセリのみじん切りをひとつまみ、あとは貝が開いたところでざっとひきあげ、深皿に盛って供す。

ジャガイモの揚げたのをつまみながら、暗い裏通りをコツコツと靴音たてて歩くのも楽しいことである。ベルリンの揚げイモのほうがカラリとしているし、ロンドンのチップスはイワシもまじっているが、パリのは少し水っぽくてやわらかいようである。イギリス人はポテト・チップスは三流のエロ新聞に包んでもらうとおいしいが、『タイムズ』などで包んでもらったらてんで味がないといっている。

マチュラン屋のすぐ近くに奇妙なシャンソン小屋があった。壁にとつぜん小さなドアがついていて、それをあけるとほの暗い灯のついた穴があき、なかはカタツムリの殻にも似た小さな、小さなキャフェだった。何人かの男女がピアノのまわりにすわって、ひそひそ話しあいながら酒を飲み、一人の男がピアノをひきつつうたうつぶやくようなシャンソンに耳を傾けていた。男は何か残酷さと愛を編みこんだ歌をひくくうたってピアノをたたいていたが、ひとくさりうたうと、ふと顔をあげて室内を眺め、

「今夜はノエルで、家族のようですね」

ノートル・ダム寺院

このうえなく単純で簡勁《かんけい》な構図である。酒毒に焼かれてただれた眼に映るにしてはあまりにも堂々として力にみちた、そして同時に微妙な優雅さのただよう被造物である。司祭か、信者か、破門された人か。そのいずれがこの門を望んで描いたのかは知るべくもない。しかし私たちは土の底から湧きあがって空にみちるパイプの沈痛な、そして深い呻吟《しんぎん》と祈りのとどろきを聞く。

扉の赤、壁の緑。

腐りきるまでしみた雨と時間。

人を強いず、人に説かず、ただ描くだけで心の円を閉じ、満足したもののようである。(開高)

編集部注
実際に描かれているのはオルレアンのサント＝クロワ大聖堂。ノートル・ダム寺院とされた経緯は不明。

Cathédrale Sainte-Croix, Orléans (Loiret)　1912-1914頃

とつぶやいた。
サン・ミシェル橋をわたってちょいとノスと中央市場《レ・アル》がある。未明のそのざわめき。レモンや野菜や鮮肉の香り。トラックのうなり。人の叫び。歩道にかがんでカチンと割り、レモンをチュッとしぼりかけて、スプーンでしゃくう立ち食いの生ウニの味。労働者たちとまじってコントワールで食べる玉ネギスープの大碗《おおわん》のあたたかさ。ゴムのようにのびるそのグリュイエール・チーズの舌ざわり。ジャガイモのピュレにまぶして食べる黒い血腸詰めのモロモロした感触。頭をツルツルにそった遊び人。ゴミ箱にむらがる野良ネコのギョッとするようなたけだけしさ。チップが足り

パンテオンの正面のゆるい坂……

ないといって、〝そうれ、そうれ、ホラ、ホラ〟と催促したサン・ジェルマン・デ・プレの地下キャバレーの老いた給仕。右翼テロに抵抗して、〝O・A・S、人ごろし〟と叫びつつ腕を組んでまっ暗なバスチーユ広場に突進していった、おそろしく生まじめでヤボな貧しい人びと。全身を皮で固め、ブラック・ジャックをふりかざして、それにおどりかかった機動警察の残忍さ。兇暴《きようぼう》さ。〝ゲシュタポ！……ゲシュタポ！……〟と叫びつつサン・トノレ街を走っていったレインコート姿のおかみさんの叫び声。その人ごみのなかをかいくぐりつつ、だぶだぶのオーバーに足をとられそうだった小さくて老いたヤブニラミのサルトル……

ノートル・ダムの正面の広場のまんなかに小さな真鍮《しんちゆう》の円板が石にハメこまれてある。それが全フランスの里程標の基点である。フランス人は同時にそれが世界文化の出発点だとも感じている。いいつたえがあって、その円板を踏んだ人は、ふたたびパリへもどってくるという。円板は数知れぬ男女の靴さきにつかれて、へこみ、すりへっている。私はスーツケースをさげて空港行きのバスが待っているアンバリッド[*4]へいく途中、セーヌ川をわたり、そこへいって円板を一つ踏みつけた。地下の納骨堂の上であろう。

〝では、また。タケシ〟

ポン・ヌフ

パリ橋づくしの筆頭のポン・ヌフである。ようやく白の意識的な、大胆な使用があらわれる。樹木、水、壁、空などには印象派の血脈があきらかに感じとられる。三色旗の赤と藍が空をひきしめ、支配し、活力ゆたかなものにしている。

人はいないが本能のさわやかな歓喜はある。

無邪気で、まどわされず、水と空気と木の温かい呼吸にみたされた幸福の展望。いつ崩れるか知れないのにその配置は堅固柔軟である。(開高)

編集部注
実際に描かれているのはパリのサン＝ミシェル橋。ポン・ヌフとされた経緯は不明。

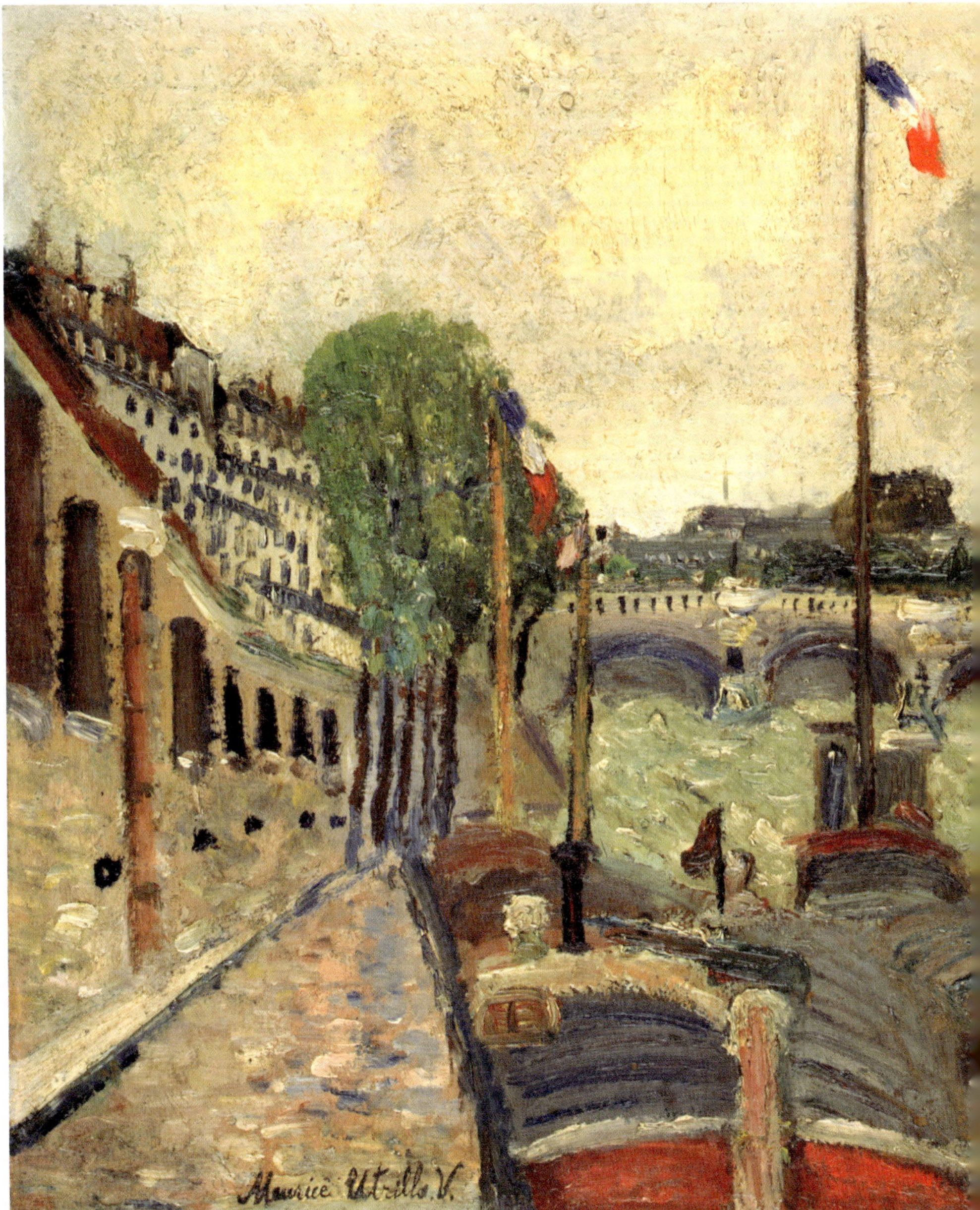

Pont Saint-Michel, Paris　1908頃

ひめやかなささやきを靴さきに聞くような気がした。そして、その瞬間にも、橋の下をたくさんの水が流れ、去った。

（「タケシのパリ」　１９６７年初出）

編集部注

パンテオン＊１　教会として建てられ、フランス革命後、偉人たちをまつる墓所となった、ランドマークとしても印象的な建築物。ルソーやデュマ、キュリー夫妻などがねむる。

カルチェ・ラタン＊２　パリ左岸にある学生街。パリ大学をはじめ高等教育機関が集中する。１９６８年におこった反体制学生運動「パリ五月革命」の中心地ともなった。

コントワール＊３　comptoir（仏）　バーなどのカウンターのこと。

アンバリッド＊４　廃兵院ともよばれる施設。ナポレオンの棺がおかれ、軍事博物館などにもなっている。

パリ断章①

《ここ以外ならどこへでも》とボードレェルは詩に書きつけたが、

地上のすべてにたいする嫌悪を書きつづけた詩人としては、嫌悪の酸を浴びながらも不屈に顔をもたげてくる生への渇望をこの一語に濃縮したと見ていいだろう。それはいうまでもなく旅への望みを語っているわけだが、少年時代後半の私は焼跡を歩きながらこの句を呟きつづけていた。日本脱出というのがたった一つといっていいくらいの私の妄執であった。それにしがみついて飢えや、孤独や、潮のように迫ってくる恐怖をうっちゃろうと必死になっていた。その頃、私は町のパン工場でパンを焼きながら、夢中になって横文字の本を読んで英語の単語をおぼえにかかっていたが、神戸港へいってどこかの船にもぐりこんで、というのが夢であった。アメリカ、ブラジル、アルゼンチン、行先はどこでもよかった。とにかくも日本から逃げられさえすればいいのだった。しかし、英語の辞書は部厚くて、語数はとめどなくあり、栄養失調でたちぐらみがしてチカチカと暗いなかを眼華が光りつつ舞う体では、とても密航などできそうにないし、ろくに英語も喋れないのだから、そのことを考えると足のうらの砂を水に奪われるようであった。ずっとあとになって小説を書くようになり、海外へ自由にいけるようになって、はじめてパリへいったときは信じられなかった。歓喜が噴水のようにこみあげてきて、ホテルでおとなしく寝ていられたものではなかった。足の向くままに徹夜で歩きまわり、くたくたに疲れて夜明け頃、パンの香りや霧といっしょにホテルにもどった。壮大な石の森のような夜のパリを靴音たててさまよい歩き、暗がりから浮かびあがる紺地の町名板を読んで、これはどの本にでてきた町だ、あれは誰かが住んでた町だと記憶をまさぐるのは愉《たの》しみだった。そして、一にも信じられず、二にも信じられず、三にも信じられなかった。

（「靴を投げて」より　１９７７年初出）

La Savoyarde, rue Muller, Montmartre　1908頃

ミュレー街のキャフェ

疲れて倦んだこころにはこよなき慰めをあたえてくれる作品である。明朗な空虚。キャフェの椅子とテーブルはあなたのためにあけられている。鎧戸《よろいど》はすべてひらかれ、丘のしたの街は眼をあけてたたずんでいる。空はやわらかく、温かく、壁の色の多様な変化が古い唄のふとした、いきいきとした口笛のように微笑を誘ってくれる。つつましく、しかしゆたかに生きる術をねがってそのこころのままに絵筆は動き、とまったところで作品は完成し、作家は充実しきった空虚をのこされて満ちたりたと思われるのである。（開高）

パリ断章②

パリですごすのに

ぶどう酒のカラフ（フラスコみたいな恰好《かっこう》をした瓶）や、コニャックのデギュスタシオン（小さなチューリップ型のグラス）、また、〝風船玉〟と呼ぶワイン・グラスなどから手をはなして日を送るのはとてもできない相談である。朝、旅館から這《は》いだしてキャフェへいき、三日月パンと牛乳入りコーヒーを召し上る。新聞を覗《のぞ》き、二、三発、パチンコをためし、外へでる。午後の三時頃にビールとハムを棒パンにはさんだのをやる。夕方、アペリチフにカシスかヴェルモットを飲む。秋の新酒の季節にはボージョレかモンバジャックの赤をひっかける。安料理屋へくりだし、貽貝《ムール》かカタツムリを食べつつまた飲む。白《ブラン》かロゼである。映画か芝居を見にでかけ、十一時頃に名物玉ネギスープをどんぶり鉢ですすり、〝夜食〟ということになる。また飲む。一日中、飲んでいる。一日中、ポーッとして、いい気持ったらない。なにしろ地下鉄の風抜穴に寝てる乞食《こじき》だって酒瓶を抱えているし、道路工事の人夫も道ばたに酒瓶をおいてる都なのだから、どうしてもそういうぐあいになる。あちこち飲みまわり、歩きまわって、朝の三時頃御帰館となり、ドアのドアから忍び入り遊ばす。

小生の経験によると、よほどトンマでないかぎり、パリでは、金を払えばきっと払っただけのことはあるとあとでわかるようなぐあいになってるようである。小生は学生キャフェの〝スーフロ屋〟でいつもボージョレの赤を風船玉で飲むが、なにしろ一杯が八十か九十両ですむ。ああ結構なものだと思いこむ。ところが、ちょいと金のある日にネクタイしめてパンテオン裏のぶどう酒市場のわきの小粋な料理店へくりだして、ボージョレというと、お値段はピクリとするけれど、おなじボージョレはボージョレでも、まるでちがってしまう。これを飲むと、いつものあれは、お酢の一歩手前のしろものじゃないかといいたくなってくるのである。イヤハヤというようなものだ。

カタツムリもそうだ。

「一打《ユヌ・ドウデエヌ》！」

そう叫んだあとで、やおら持ってこられるのを見ると、いつものとはちがって、まるまると太り、たっぷりと汁気があり、バターとニンニクとパセリのみじん切りの香りが腸をねじ

Rue André-del-Sarte, Montmartre　1908頃

パリのアンドレア・デル・サルト通り

　どのような寛容がこのミザントロープに訪れたのだろうか。赤、白、緑、さまざまな生活の体温と息づかいをしみこませて厚くふくらんだ壁と窓は時間によごれ、聖なる垢にくるまれた顔を輝かせて口ぐちにひくく叫んでいるかのようである。

「……生きよう！」

　キャフェに人は集り、春の芽のように路上に姿が生れ、空に鐘は鳴る。やがてパイプ・オルガンが轟々《ごうごう》と壁をふるわせて街に君臨するであろう。ユトリロは絵筆をとりながら山羊《やぎ》のように眼を涙でうるませ、色価の換算に没頭していた。（開高）

Lapin Agile, Montmartre　1910-1912頃

ラパン・アジール

薄暗く、はげしく、荒あらしい情念が土の熱、葉のいきれ、壁の厚みと湿りをとどめて通過した。

ムーラン・ド・ラ・ガレットと、ラパン・アジールはユトリロの血管をにごらせ狂わせる毎夜の汚辱であったが、描くためには絵ハガキ一枚あるだけでよかった。彼は、しかし、筆に憎悪と復仇《ふっきゅう》の熱をこめるにはあまりにも犯されて心やさしくなっていた。舗石と酒卓にころがって心の爪からにじんだ血は画布には一滴もあらわれなかった。（開高）

る。これをいつものあれとくらべると、まるでシジミとハマグリぐらいのちがいがある。金のありがたさが身にしみる。

（「お酢とぶどう酒」より　１９６５年初出）

パリ断章③

パリにきてから数日ぶらぶらと

休憩があったので、脱水を食いとめてから、長い一人歩きにでたり、飲んだり、食べたりがたのしめた。69年からかぞえて四年ぶり。68年からかぞえて五年ぶりである。マルロォ文化相のきつい命令で全市の建物が洗滌《せんじょう》されてほぼ白くなり、冬の淡い陽に輝くところを見ると、寺院も、国民議会も、塔も、壁も、窓も、まるで風雨に漂白されきった史前期の巨獣の骸骨の堆積のようである。その顔は四年前にもすでにあちらこちらにあらわれかかっていたが、夏だったから、ときどき鉢植えのゼラニウムの花が窓ぎわでいま流れだしたばかりの一滴の鮮血のように閃《ひらめ》くのをよく見たものだった。

ブール・ミシュ（サン・ミシェル大通り）を大動脈と見たてたそのあたりの左岸一帯が私のシマである。この界隈は学生町だけれどムッシューやマダムが血をかきたてられたくて食事や、散歩や、お遊びにおいでになったりするので、それらしき雰囲気や場所も自生している。
　夜になると這いだして輝く毒茸《どくきのこ》のなかをさまよい、壁に古ぼけたドアがあるきりなのを低くノックしたりする。薄暗い、狭い小部屋のなかで、何組かのムッシューや学生がうなだれて、低唱の、弾き語りのシャンソンを聞いている。そういうネズミの巣のような部屋がこの界隈にはちょくちょくある。

（「季節の上に死ぬな」より　1974年初出）

モンティニィの教会

〝パリ派〟の名で総括される画家たちは、スーチンもモジリアニもパスキンも、また、ローランサンも、すべて各人が各人の処方箋を持っていて共通項のない、めいめい独立した小遊星であったが、ユトリロもその例外ではなかった。

　この作品もそうである。

　半狂乱の飲んだくれの暗い、蒙昧《もうまい》な心がかいま見た至福の風景の一片であるが、何を基準に比較してよいのかわからない。もし、しいて比較しようとすれば、ときどき子供がつくりだす小奇蹟《しょうきせき》の画をでも考えるよりほかない。この無邪気さ、透明なぎごちなさ、明るさは児童画に属するものだ。（開高）

編集部注
実際に描かれているのはパリ北郊モンマニーのサン＝トマ教会。モンティニィの教会とされた経緯は不明。

Avenue des Tilleuls, église Saint-Thomas, Montmagny (Val-d'Oise)　1916-1917頃

パリ断章④

数年前、パリにいたとき、某夜、

知人のマダムにつれられて第16区のお屋敷町へでかけたことがあった。夜食《スペー》をとるための小さな集りということだったが、知人のマダムは私に〝昔の金持ち〟の家を見せてあげるわヨ、といった。

夜ふけに自動車でつれこまれたそのお屋敷はさながら苔むす屍であった。薔薇《ばら》模様の鍛鉄の鉄門をギィとおして入ると、〝中央参道〟といいたくなるような白い砂利道があって、邸内には原生林にありそうな頑強、古怪な栗の木が幾本となく聳《そび》え、枯葉と苔《こけ》の匂いがしめやかに漂っている。

真紅の襟に金の縫取りのある制服を着た老給仕やタキシード姿の執事が玄関口にあらわれ、臨終かと怪しみたくなるくらいのいんぎんな低声で挨拶をし、コートやマフラーをとってくれた。それから執事がさきにたって、私に、邸内をくまなく案内してくれた。あちらのドアをあけて婦人化粧室を見せ、こちらのドアをあけて食堂を見せ、サロンを見せ、書斎を見せ……。

つぎからつぎへと数知れぬドアをあけたりしめたりしながらだんだん細くデリカになる廊下をたどりつつ奥へ、奥へと導かれていった。そう。〝奥へ、奥へ〟という感覚。薔薇の花の芯へ花びらを一枚、一枚かきわけつつもぐりこんでいく感覚。または右に左に体をひねりつつ胡桃《くるみ》の実の襞《ひだ》をかきわけてもぐりこんでいく感覚である。栗の木。枯葉の匂い。苔の匂い。冬の夜風。町角を曲るタイヤの悲鳴。邸内のあちらこちらの部屋に散らばって談笑する男の声。女の声。すべてが堅牢《けんろう》で厚い、一ミリのすきまもなくしまるドアにさえぎられて消えてしまう。金と白のロココ模様の息

もつけないほど過剰で脆弱《ぜいじやく》な波と光のなかに、ただ香水の残香だけがゆるやかに迷い歩いている。

だらしない話だが、その後何日間も私はこの夜のドアの数にとりつかれていた。キャフェのコントワールにもたれてぶどう酒を飲んだり、宿酔で下宿のベッドにもぐりこんで唸《うな》ったりしているときにも雲母の層膜のようにめくってもめくってもあらわれるドアのおびただしさに圧倒されていた。スタンダールでもいい、プルーストでもいい、ラディゲでもいい。あの邸から連想するならプルーストがいいかもしれない。彼らの本の一頁、一頁とはあのドアの一枚、一枚のことではあるまいか、と思った。

奥の奥、奥のまた奥、その花芯の蜜房にすわって洩《も》らすつぶやきが彼らの作品だった。ようやくその実感がき

美《うる》わしのガブリエル

おなじ構図をビュッフェに描かせればどうなるか。ビュッフェとユトリロの風景画にはまぎらわしい近似性があるが、ビュッフェにはつねに冬しかない。つねに裸形で、こわばり、凍りつき、キャンヴァスは亜鉛板に似ている。二人ともおなじようにマイナー・ポーエットであるが、ユトリロは第一次大戦のときのランス教会炎上の幻想をのぞいては戦争を通過せず、酒瓶と舗石のあいだを往復していた。人間を拒否するそのかたくなさではビュッフェに通ずるが、彼の幻影にはビュッフェにない皮膚と血があった。このさむざむしい無人の街角のレストランの入口にも体質的な温かみがあって、人に孤独地獄を見せながらなおなにか楽しませる術を彼は肉化したのである。(開高)

Belle Gabrielle, rue Saint-Vincent, Montmartre 1912

た。ラスティニャック[*1]がパリを征服するというときはドアを征服することを感じ、ジュリアン・ソレル[*2]が上流階級に肉薄するときはドアに肉薄するのだと感じていたのかもしれない。堅牢で、緻密で、部屋のなかで人がしめ殺されても悲鳴が煙ほどにも外に洩れない、城門か刑務所のドアのようなドアである。そういうドアに密封され、保護され、脅迫されて暮したことのないことが私を憂鬱にさせた。子供のときからずいぶんの数のフランスの心理小説を読んできたが、森羅万象、地水火風、音も匂いも、まるでザルの目を漉《こ》すようにスウスウと洩れる日本家屋ではドアの意味などほとんど考えたことがない。いったい何を読みとったことかと思うと、心細くなってしまった。

（「ドアと文学」より　1967年初出）

編集部注

ラスティニャック＊1　バルザックの小説『ゴリオ爺さん』に登場する、地方からパリへやってきた若い法学生。

ジュリアン・ソレル＊2　スタンダールの小説『赤と黒』の主人公の若者、美貌の野心家。

パリ断章⑤ 夏の入りのパリ。

雀《すずめ》の声で、朝、眼がさめる。旅館はサン・ミシェル河岸にあって、窓をあけたすぐのところにノートル・ダム寺院がある。マロニエの木立がそれをとりかこみ、雀は朝の光が葉に射すといっしょにさわぎはじめる。

空気は爽やかで、気持よく乾き、涼しさに鋭さがある。冷えきったバターのように豊饒《ほうじょう》で、キリリとしまり、角がたっている。しばしば朝は冬さながらに冷暗で、しとしとジメジメと骨へ菌糸のようにからみつく霖雨《クラシャン》が降るが、正午近くには晴れ、並木道が日光と娘たちの白い歯で輝く。キャフェや飾窓には赤と金と黒が閃き、給仕と新聞売り子の声が鋭くとびかい、パンのあたたかい匂いのなかをパスティス（茴香酒《ういきょうしゅ》）の刺すような、冷たい香りが走る。

夕方の六時、七時がまるで午後三時頃のように明るく、九時半頃にならないと黄昏《たそがれ》らしい黄昏とならない。これは亜熱帯のあの鳴動するような燦爛《さんらん》ではなく、あくまでも澄みきった、淡い、静謐な北国の黄昏である。人びとはゆっくりと歩き、すばやく歩き、歩きながら抱擁し、食べながらキスし、町角で十人、二十人と集って議論し、うるんだ眼で並木道を眺め、またゆっくりと歩き、すばやく歩く。
《お月様に旅行したいのです。メルシ！》
《画は知りませんが飢えは知ってます。メルシ！》
《朝鮮。イスラエル。ヴェトナム。クォ・ヴァディス（主よ、いずこへ行き給《たも》う）》
昼のうちそんなことを下手くそきわまるクレパス画といっしょに道へ書いて枯葉のような小銭を稼いでいた外人留学生（アメリカ、ドイツ、イタリア、その他）やヒッピー族た

サン・ドニのバジリカ教会

教会を描いた彼のいくつかの傑作の一つである。華麗で豪奢《ごうしゃ》である。構図は完全である。はげしい力が厚塗りの絵具のそこかしこからにじみだし、時の垢と腐蝕に耐えたこの石造建築物に豊満な光耀《こうよう》をあたえている。異教徒の私たちの眼にもこの力と美はページを繰った瞬間にとつぜん窓をひらいたようなおどろきを生んで迫ってくる。これほど堂々とした、均衡の完璧な、重厚沈痛で華麗な作品を生める男が半気違いのアル中のろくでなしであった事実には再三、再四のおどろきと、芸術の持つ奇怪な特性を教えられるばかりである。彼は形而上学をいっさい持たず、本能と神経だけの画家であったが、すでにこの作品に緊張をあたえている白の使用法には以前の印象派時代からのはっきりした転生がうかがえる。（開高）

編集部注
欧文タイトルの邦訳は、正しくはサン・ドニの大聖堂。

Basilique, Saint-Denis (Seine-Saint-Denis)　1908頃

ちが、夜になるとまっ暗な橋のしたに集り、安酒を飲んで、何やら拍手しながら歌をうたう。お月様にはいけないいけれど橋のしたで小宴会はできるのである。

（「革命はセーヌに流れた」より　１９６８年初出）

パリ断章⑥

某日、シャンゼリゼ大通りのクラリッジ・ホテルのあたりを

ちょっと入った小路にあるレストランに招かれる。何を食べたいかとたずねられてフォア・グラの生《なま》のとびきりのをと答えた結果である。フォア・グラの松露《トリュッフ》入りの缶詰や陶壺詰《とうつぼづめ》はこれまでにときどき食べたし、そのフレ、つまり生のやつも二度ほど試したことがあるけれど、《!》と同時に《・》までうちたくなるのにはまだお目にかかっていないのである。けれどこの夜の食卓にでてきたフォア・グラはみごとであった。食いだおれでは底なし天井知らずのパリのことだからもっと凄いのがほかにあるかもしれないけれど、私としては《!》といっしょに《・》をうちたいところであった。この店のはストラスブールではなくてペリゴール産だという。松露は入っていない。素焼のカメにつめて一年間地下の冷暗室で寝かせて熟させたのだという。メニュを見ると、ゼリーでくるんだのとか、ソースをかけたのとか、

松露入りのとか、さまざまあるが、われわれは一も二もなく《フォア・グラ・フレ・ナチュレル》、つまり円熟の生一本にとびついた。その柔らかさ。その媚《こ》び。その豊満。薄く切ってパンきれにのせ、ホカホカにあたためた松露をべつに薄く切ってそれに添えて、あわてずさわがず、ものうげな顔をしいてよそおって、静しずと歯をすすめる。ときどき手をおいてソーテルヌをす

哲学堂

〝白の時代〟のどちらかといえば後期に属する作品であろう。彼の創作歴のもっともめざましい時代、その頃の平安な瞬間である。人間と人生に疲れたとき、あなたはここに来てやがておとずれる季節の予兆を味わい、雪のつめたさに恍惚《こうこつ》とし、赤や、薄緑や、白の点在に眼を憩わせるがよい。体をほどき、雪を踏んで道を歩いてゆくだけでよい。たまさかのこのひととき。

“All’s well with the world.”

（なべて世はこともなし）

そう。

創った人の汚泥にまみれた心を知らなくてもいい。

（開高）

Tour du philosophe et Moulin de la Galette sous la neige, Montmartre　1920頃

する。こんな甘い白ぶどう酒は食後にたしなむものだと私は思いこんでいたのだけれど、給仕長に、うちのフォア・グラにはこれが合いますとすすめられてやってみたら、なるほど絶妙なのだった。意表をつかれたけれど、これまた、発見であった。

安岡章太郎大兄が顔をあげて

「！……」

という。

私が顔をあげて

「・」

とつぶやく。

このあとは私は野鳥の季節なのでウズラの腹にフォア・グラと松露のこまかくきざんだのをつめこんで蒸焼きにしたところへ濃厚ソースをかけたのをとる。さきのフォア・グラ・フレ・ナチュレルで感官を消耗してしまったのだろうか。ソースが濃くて、しつっこく、わずらわしく感じられはじめる。倦怠をいささかおぼえはじめる。その弛緩《しかん》に反省とか回想とか呼ばれる虫がむっくり背をもたげてひそひそと入りこんでくる。両極端は一致するという定理がそろそろうごきはじめる。これは私の永いあいだにしらずしらずつけてしまった癖である。ほとんど病気といってよろしいものかと思われる癖である。戦中・戦後の窮乏期のことをつい、つい、思いあわせずにはいられなくなるのである。御馳走《ごちそう》を食べると、きっとどこかで、昔のどん底を思いださずにはいられなくなるのだ。それが御馳走であればあるだけ、いよいよ、昔のひどいものを思いだしたくなるのだから皮肉である。が、われと自らにその皮肉を強いてたのしむところもある。

（「続・思いだす」より　1974年初出）

モン・セニの街

たそがれ時か。

陽がおちかけて街が焼ける。

壁がほんのり酔う。

道が微熱をおびた顔をだす。

ガス燈にまだ灯は入らないが、窓や店はもう眼を閉じはじめている。いつもの五人があらわれて佇んでいる。異変は起らず、人はひっそりと息づいて病まない。この平安、火のやわらかい匂いの流れる瞬間に幸いがあってほしい。(開高)

Rue du Mont-Cenis, Montmartre　1910-1912頃

ごぞんじのようにパリにはいたるところに広場がある。

大きなのもあれば小さなのもある。そのまんなかに公園を持っているのもあれば、鳩《はと》の糞《ふん》だらけの彫像が一つきりというのもある。パリ市の俯瞰図《ふかんず》を見ると、複雑な血管の網のあちらこちらに大小さまざまな瘤《こぶ》ができたみたいである。

どれでもよいから一本の道をとって、たんねんにたどってゆくと、そのうちにきっとどこかで、この〝丸い点〟に入る。昼でもたそがれたように薄暗い、しめってくたびれた壁のなかを歩いていると、とつぜん石の腸のなかから広場へ踏みこむことになるのである。この感じが好きだった。垢と時間で灰緑色に錆びたような壁のなかから、キャフェや肉屋や家具店などのキラキラ輝く赤、金、緑、黄、黒、また、物音や、人声や、香りの縞《しま》などにみたされた丸い井戸の底に入りこむ、このときの、華やかな不意の一撃の印象はたのしいものである。ひとつひとつ窓のなかをのぞきこみつつ点のふちをゆっくり一周してから、気まぐれな出口をえらび、ふたたび灰緑色の腸のなかへ入ってゆく。道はあらゆる方向へ

ごぞんじのようにパリには……

河岸風景

この河岸にあらわれた例の五人も生きることにくたびれて言葉を失い、たたずむだけでおたがいに空のしたにおちている。窓はおびただしいが顔は見えない。川は流れているがにごっている。春のようでありながら木は枯れたままである。

しかし、ここで絶望を教えられることはあり得ない。ふしぎなオプティミズムがただよって私たちを果てしない下降に赴かせない。窓と壁の縦の線の堆積が生む悲哀を長々と走る河岸の胸壁の横の線が食いとめさえぎって、やさしい、ひそやかな、意味を考える務めのいらないやすらぎをあたえてくれる。

壁の色音の微妙な変化とそのやわらかいこだまに耳を傾ける。(開高)

Eglise Saint-Gervais, Paris　1910頃

放射され、夜になると、ときにはトンネルの入口のように感じられる道もある。そこへ入ってゆくときは、暗くてつめたい水のなかへ一歩ずつ入ってゆくような感触が、寒さや湿りとともに体をおそうのである。しかし、しばらくすると、また不意に明るく華やかな一撃がやってくる。主題が気まぐれにたくみにかくされた何かの音楽をたどっているような気がしてくる。京都や、北京や、レニングラードなど、道が正確に方形にまじわりあった都市では設計者のあきらかな秩序の感覚の意図、そのあきらかさにふれるひそやかな快感があるが、ここのように一本の道をたどっていて交互に凝集と拡散の感覚が自分の内側に起るということはない。たえず交互に、いま人の群れから離れつつあると感じたり、いま人の群れにちかづきつつあると感じたり、それを暗さや明るさ、暖かさやつめたさのなかでくりかえすのは、この町だけのたのしさである。

ところが、いつ歩いてもたのしいこのコケットな広場が、ある場合にはとんでもない無残なこととなる例を味わった。反右翼抗議集会がバスチーユ広場でおこなわれたときのことである。このとき、パリの国警の何小隊かは放射線状にこの大広場に走りこむいくつかの通りの入口という入口をみんな閉ざしてしまった。あけてあるのは二つだけで、その一つからデモ隊を入れ、その一つからだすようになっていた。あとは警官隊と警察車で完全に蓋をしてある。地下鉄も用意怠りなく閉鎖し、まわりのキャフェというキャフェも客を追いだして電灯を消してしまった。なかには手早く鉄扉をおろしてしまった店もあった。こういうところへなだれこんだデモ隊はどうなるか。水族館のイワシの群れである。あるいは袋のなかのネズミである。または投網のなかの魚である。なぐろうが、蹴ろうが、まったく先様の意のままなのだ。そして、事実はそのように進んだ。一三〇人負傷し、三五人は重傷で病院にかつぎこまれた。この負傷者の三分の二は女性である。その弾圧のあさましい無差別ぶりがわかっていただけよう。日比谷公園や国会議事堂前あたりならまだどこかに逃げ道がありそうな気がするし、ころんだはずみに棒キレか石コロをつかむという器用な真似《まね》は日本の道ならゆるしてくれそうだが、アチラはごぞんじのとおりである。フランス大革命や、普仏戦争や、今次大戦のレジスタンスなど、パリの石畳は何度となく掘りかえされてバリケードとなり、弾丸や血を浴びているけれど、デモのさいちゅうに走りながら素手でこれを掘りかえすことはできない。イワシの一匹となって必死にサン・タントワーヌ街へ走りおちていきながら、いやフランス人もむつかしい土俵で喧嘩《けんか》していることだと、つくづく思わせられた。日本へ帰ってから新聞を読んでいると、このあいだ二月八日にはふたたび反右翼抗議集会がおこなわれ、警察の弾圧で八人死に、一二〇人負傷したという記事があったけれど、その光景はまざまざと眼に浮かぶようだった。パリ大学の国際政治研究所において私たちとサルトル*1との会見を計らい、また、通訳して記録にとってくれた田中良君は、去年の十月のアルジェリア人のデモのときの形相を話してくれた。彼によれば、そのとき推定二万人のデモ参加者のうち、検束された人間が一万一五三八人（いったいどこへ収容したのだろう……）。国警は自動小銃をデモ隊に向かって乱射し、また、気絶したアルジェリア人をかかえてセーヌ川にほうりこみ、溺死させたと。はじめ警察側は「死者二名」と発表していたが、セーヌの下流に日がたつにつれて溺死体がポカポ

クリニャンクールのノートル・ダム寺院

クリニャンクールのノートル・ダム。

ふたたび、ここに信仰のこころを読むか否かは見る人の自由である。私たちは雪の温かさにおどろく。キャフェの壁の赤と教会の壁の白の対照のあざやかさにおどろく。その諧調の温かさが冬空に薄くみなぎって尖塔の主張をやわらかくうけ入れゆるしている、そのやわらかさにうたれる。

晩禱《ばんとう》か、朝禱か。

鐘の音が聞えてくるようである。（開高）

ごぞんじのようにパリには……

Eglise Notre-Dame de Clignancourt, Montmartre　1916頃

カ浮いてくるのでどうしようもなくなったと……

[*2]アルジェリア問題については、パリは、いや、フランスは、ほとんど〝内乱〟状態にあるといってよいのではないかという気がしている。東京もパリもおなじだ。国会前もバスチーユ広場もおなじだ。こういうことを書きつづっていると、ハテ、『自由、平等、友愛』とはどこの国のスローガンであったかしらと、あらためて言いたくなってくる。世界にさきがけて〝近代の人間解放〟をやった大革命はどこの国の事件だったかしらと、つぶやきたくなってくる。

　さぞかしフランス人はつらくてはずかしいことであろう。

「……あなたがたは国内で最低の野蛮さをつくりだしつつ、世界には、いわゆる〝最高級文化〟を輸出しているのですね」

「……」

「十九世紀だと思いました。フランスも警察国家だと思いました。あなたがたの文化は矛盾の結合ですね」

　クリスマスの晩、夜食に招かれて私は七区のアナトール・フランス河岸に住む友だちのシュザンヌ・ロッセ夫人のところへあそびにいった。廃兵院と外務省がちかくにあって静かなところである。窓からは、遠く、マドレーヌやエトワール広場あたりの灯の輝きが森の暗い梢《こずえ》のうえにゆれているのが見えた。

　彼女は英語、ロシア語、中国語、日本語を読んだり話したりする。ハーバードに二年、日本に二年いた。ハーバードではライシャワ

ー氏についたらしい。よく噂《うわさ》をする。読むのも話すのも日本語より中国語のほうが楽だといっている。日本語は漢字、ひらがな、カタカナの三種があり、しかも日本の作家の文章は明晰でなく、擬音詞、またはそれに類した発想法が多いのと、文法がヨーロッパ語や中国語とちがうので閉口だといっている。私の顔を見るたびに、明晰に書くのヨ、よくって、明晰に書くの、フランスで本を出版したいのなら明晰に書かなければダメよ、といって英語で不平を鳴らし、叱るのである。彼女は学生時代に『聞け、わだつみの声』を翻訳して[*3]nrf版で出版したことがある。私の小説と旅行記を翻訳して出版社に持ちこもうとしてくれたのだが、小説のほうは読まないさきから日本の小説なんてどうせ十八世紀なんでし

ょうといわれ、旅行記のほうはずいぶんいいところまでいったのだけれど中国関係のルポルタージュはフランスではゴマンと出版されているからつぎの小説に期待しようといわれて、彼女はくさるし、私はなにやら面目ないやらはずかしいやらで、二人ともイライラしていた。

私がバスチーユ広場の大乱闘のことを話して、もうちょっとで頭を割られそうになったというと、彼女はウィスキーを飲みながら

「……すばらしいじゃない。どうしてぶたれて病院に入らなかったの。たいへんな宣伝になったのにね。惜しかったわ」

鼻に皺《しわ》よせて笑った。

辛辣なのは好きだが、負けるのはくやしいから、フランスも十九世紀であり、警察国家

シャルトルの寺院

シャルトルの教会はパリからほぼ八十粁《キロ》ほど離れたところにある。この教会のステンド・グラスがルオーをふるいたたせたことは有名すぎるほど有名な現代芸術史の一ページである。私はセーヴル街のホテルで地図を眺めながら訪問をのぞんだが、からだもこころも衰えきって、ついにかなえることができなかった。

これは春だろうか、秋だろうか。

息絶えようとするたそがれの一瞬に燃えくるめく光栄のその一瞬である。人は遠望して平野のなかにとつぜん起きた奇蹟の顔を眺める。

この頃、ユトリロはまだ、母のヴァラドンの保護下にあり、署名の最後に〝V〟をしるすことを忘れなかった。(開高)

Cathédrale Notre-Dame, Chartres (Eure-et-Loir)　1912-1914頃

であり、その文化は矛盾の結合でありましょうと、切りかえしたわけである。事実ではないか、まぎれもなく。

シュジーはだまりこんで、グラスのなかのウィスキーを眺めた。くちびるをかんで、言葉をさがした。しばらくして、言葉はどうやら見つかったらしいが、あまり自信を持っている様子はなかった。さきほど私をたのしそうに刺したときのようには、その猫のような瞳は金茶色の前髪のなかで輝かなかった。彼女は顔をそらしたまま、のろのろとつぶやいた。

「……そう、そのとおりだわ、たしかに。だけど、矛盾はどこの国にでもあるものじゃないかしら。フランスだけの特産じゃないわよ。そのはげしさは注目すべきものだけれど。そ

れに、アルジェリア問題は外国人には理解できない部分が多すぎるのよ」

つぶやいているうちに彼女はだんだん熱くなってきて、猫の眼が輝きはじめ、あの政党はどうだ、この政党はこうだと、フランスの全政党をかたっぱしから槍玉《やりだま》にあげて批判をはじめた。聞いているうちに、あまり複雑怪奇なので、私は茫然《ぼうぜん》としてきた。そのあやしげな眼つきを見たのであろう、シュジーは書斎に入っていって一冊の本を持ってきた。そして、これはいい本だからあなたが読めばきっとタメになるわよ、といい、ウィスキーのグラスをとりあげてふたたび熱い議論をつづけた。私はソファのうえでまごまごしながらその本の題と出版社のアドレスを手帖に写しとり、やっぱり女は男より回復力が速いのだなと、妙なことを考えたりしていた。

それに、シュジーは特別なのだ。シャンゼリゼーをあるとき映画を見たあと散歩していて彼女がつぶやいた。

「フランスの女はバカで、恋愛しか知らないのよ」

「男が愛しすぎるからじゃないかナ」

私がつぶやくと、彼女は肩をすくめ、のどの奥でひくく笑ってから、答えた。

「私は政治に興味があるの。政治はおもしろいわヨ。大好きだわ。シモーヌ・ド・ボーヴォワールはすばらしいわよ」

男一人、女二人、彼女は三人の子の若い母親でもある。

さて、十二月十九日の夜。

田中良君が前日の十八日の夜に電話をマチ

テルトル広場

〝白の時代〟の作品の一つ。

　酔残の荒涼とした眼を犯す壁のさむざむしさ。鎧扉はひらいているが部屋に人はなく、葉は散って石にとけ、街は空のしたにおちている。道はつづいて見すかす術もない。

　ぶどう酒。

　タバコ。

　お菓子。

　リキュール。

　しかし、ここに人は住むのだろうか。

　あなたは道を歩いてゆく。街角でとつぜんたちどまり、あたりを見まわして、ふと顔を手に伏せる。頭をあげるとき、顔は手にまざまざとのこる。顔は手のなかでかすかに水のしたにあるかのような微笑をもらす。（開高）

ごぞんじのようにパリには……

Place du Tertre, Rue Norvins, Montmartre　1910-1912頃

ユラン屋旅館にかけてきた。ここは、昔、リルケが下宿していたことがあるという逸話つきなのだが、食事ぬきの素泊りお一人様千フランで、円にすれば八百円か九百円。便所は廊下へでて共同のを使わなければならず、暖房は深夜になると部屋のなかでオーバーを着こんで仕事をしていてもいっこうに苦にならぬという程度。電話があることはあるが、呼びだしだけであるから、いちいち五階の階段をコウモリのように飛んでいかなければならない。階段の踊り場ですれちがう女中のジョゼットがいつものように笑って小さく叫んだ。

「モン・ブラン！」

スキーはかいもくだけれど

「回転競技《スラローム》！……」

叫びかえして飛んでゆく。

田中君の電話によると、明日十九日、サルトルと会うはずだったけれど、バスチーユ広場で反右翼抗議集会がひらかれることになり、サルトルはそこで演説するはずで、とてもいそがしくて会えそうにないという秘書の連絡があったと言う。集会は何時からだと聞くと六時半からだと言う。ではそっちへいこうということで、その場で二人の意見が一致した。電話を切りしなに、田中君は、ＯＡＳ[*4]の爆弾が破裂するかも知れないからデモのときは下を向いて歩き、新聞紙包みがおちていたらいちもくさんに逃げなければ命は保証できないよ、と言った。また五階までコウモリのように飛んであがる。よごれた股引《ももひき》のうえに半オーバーという恰好である。もっとも、この旅館では、日曜になるとカナダの女子大生がナ

イト・ガウンをひっかけただけの姿で薄暗い廊下を鼻歌まじりにうろうろしていたりするから、いっこうかまわないといえばかまわないようなものなのだが……

　翌日の朝、ねぼけ眼《まなこ》でいつもの町角の店へ三日月パンを食べにでかけると、店をでしなに一人の学生がだまってビラをわたしていった。読むと、十一時からパリ大学の中庭で抗議集会をひらくから、テロリスムに反対するすべての学生は集れ、と書いてある。昨夜おそくまで本を読みすぎたので、まだ眠くてならない。これは遠慮することとした。ぬけだしたばかりの寝床に這いもどって、エビのように毛布のなかで跳ねつつベッドを暖めることに私がいっしんにふけっているあいだ、戸外では労働組合による十五分間の抗議ストライキがあり、バス、地下鉄、タクシー、その他、パリの全機能がしばらくの仮死状態に入っていた。

ＯＡＳとそのプラスチック爆弾にはいくらかの知識がある。一年まえに東欧からの帰りにパリにたちよったとき、壁という壁のいたるところに『ＯＡＳ』、『若き国家』などという落書きが見られた。この頃はまだ爆弾騒ぎまでにいたっていなかったようである。シュジーがいろいろと説明してくれたが、とくに記憶にのこっているのは報道統制のことである。ド・ゴール[*5]にとって致命傷となるようなアルジェリア問題についての積極的な言論活動がきびしく検閲され、記事はかたっぱしからボツになるという話である。また、フランスの映画監督は、国民の最大関心事であるアルジェリア問題に主題をとることを許されないでいる。したがって、しようことなく、毒にも薬にもならぬエロ、グロ、スリラー映画に身をやつす、ということであった。まるで戦前の日本のような話を聞かされた。

「けれど左翼は公的な活動を許されているし、みとめられているのでしょう?」

「そう、左翼は活動をゆるされていますし、みとめられてもいます。フランスは共和国ですからね。けれど、それも、あくまで制限つきの自由なの」

それから八カ月ほどたって、去年の八月、イスラエルからの帰りに、またパリにたちよった。けれど、このときは夏休みの季節で、ほんとにパリには誰もいなかった。いないといったらほんとに誰もいなかった。テロリス

Rue Ravignan, Montmartre　1910-1912頃

ラヴィニャン街

コロリストの面目が遺憾なく発揮されている作品である。あらゆる色がこのうえなく適切な音階において自己主張をしつつなめらかで新鮮なアルモニーをかなでている。土の蕊まで歴史がしみとおって岩盤を腐らせ凍らせているこの古い街が、一瞬、うぶな眼をうけて情熱に輝きたち、歓喜の身ぶるいで肩をもたげ、背を起してたちあがった。見るものをして見せしめ、おこなうものをしておこなわしめよ。ここに一つの小さな、やわらかな、いつの季節とも知れぬ季節の奇蹟がおこなわれた。

〝かしこには、ただ
豪奢《おごり》と、静寂《しじま》と、逸楽《たのしみ》と……〟
やがて人が集り、自動車が走り、栄養が街を流れるであろう。（開高）

トも、リベラリストも、コミュニストも、みんなそろっていっせいに田舎や海岸へ日なたぼっこにでかけたのである。あちらこちらのキャフェや料理店は閉鎖され、パリはまるで博物館の鯨の骨のように壮大でがらんどうであった。輝ける廃墟《はいきょ》。それ以外の何物でもなかった。シュジーもどこかへいって、いなかった。しようがないからヴェルサイユの森へ『大噴水』と、『夜の祭り』という花火仕掛けのルイ王朝物語を見物にでかけた。市内では廃兵院の中庭で『音と光』というだしものがピエール・フレネェの朗読で〝ナポレオンの遺骸がセントヘレナからこの廃兵院へもどってきた日〟というのをやっていた。技術と着想は卓抜であるが、本質はなんのことはない、靖国《やすくに》神社の再来だ。

　ところが、OASとそのプラスチック爆弾はこの期間にすっかり活潑《かっぱつ》になっていたのである。四月にアルジェリアでサラン将軍[*6]たちが青年将校と結託してド・ゴールに対してクーデターを試みるという事件が起った。アルジェリア駐屯軍の〝パラ〟とか〝ベレ〟とか呼ばれている連中（落下傘部隊・フランスのサムライども）がいまにもパリ上空におりるのではないかという騒ぎになり、ド・ゴールが悲壮な大時代がかったふるえ声で、叫んだ。『……おお、フランスの男よ、フランスの女よ、われを助けよ』。叛乱軍《はんらんぐん》の内部分裂もあってこの騒ぎが三日天下で鎮圧されたことは日本でもよく知られているが、この失敗以来、どうやら右翼は大手をふってのりだすことにきめたらしい。プラスチック爆弾をパリ市内

ごぞんじのようにパリには……

ベルリオーズの家

別のページにおなじテーマの作品があるが、私としてはそちらのほうが好きだ。二つをくらべてみれば、ユトリロがたえずあぶなっかしくゆれて往復していた二つの状態がはっきりわかって興味が深いので、あえてこれも採録した次第である。ノートル・ダムにしてもラパン・アジールにしてもユトリロはいつもおなじものを何度もくりかえし描く習慣があった。

ここではあいかわらずコロリスト、アンチミストとして筆さばきはたくみであるが、生命力の減退はあきらかである。歌声はひくく、軽快であるが、同時に軽薄さもうかがえる。

テクニックの微妙な進化はみとめるとしても、酔えない作品である。（開高）

ごぞんじのようにパリには……

に持ちこみ、あっちこっちでドンドンぱちぱちをやりだした。ド・ゴール[*7]とＦＬＮに対するいやがらせだと言われている。彼を第五共和制の〝王様〟にしたのは、たしかに第二次大戦中の〝レジスタンスの闘士〟という古い信用状が一般国民に訴求したからだが、いっぽうでは軍部の実質的な、強力なバック・アップがあったからだ。そのド・ゴールが、泥沼の行きづまりと世論の大義に追いつめられて四苦八苦のあげくアルジェリアの実質的独立をみとめようとする〝民族自決〟の原則をうちだし、叛乱軍を鎮圧した。これをサランや青年将校たちは彼の〝裏切り〟だとした。

　サランの〝ＯＡＳ〟という組織は、正しくは〝秘密軍事組織〟と呼ばれ、〝哲学〟も〝ロマンティシズム〟も暗示しない、まったくむきだしの技術的な名称であるが、同様にその行動もきわめて技術的である。プラスチック爆弾を仕掛ける。手榴弾《しゅりゅうだん》をキャフェに投げこむ。ピストルを発射する。ナイフを飛ばす。ブリジット・バルドォに脅迫状を送る。もっとも、実質的な殺傷のテロ行為はアルジェリアでド・ゴール派とＦＬＮに対しておこない、フランス本土、たとえばその集中的表現のパリ市内での行動は、どうやら、人心擾《じょう》乱《らん》が目的であるらしい。私の聞いたせまい範囲では、まだプラスチック爆弾でじっさいに、故意に、計画的に、結果として人を殺傷する、ということはしていないらしい模様であった。しかし、その爆弾の炸裂《さくれつ》に、偶然、人体がふれることがあれば、あきらかに肉は飛散してしまうのである。テロリスムであることには何の変りもないのである。右翼団体には東西を問わずつきまとってくるロマンティシズムを、彼らは、その、『若き国家』のスローガンに匂わせているように私には思える。ロワの『アルジェリア戦争』(鈴木道彦訳、岩波新書)には偏執狂的なフランスの青年将校の横顔が描かれている。アルジェリアを手放すことが〝自由ヨーロッパ〟とフランスの決定的な敗退であると思いこんでいる青年である。アルジェリア人の民族主義に対抗するためにフランス人の民族主義を彼は体内に燃やしている。昔日のフランスの〝偉大と光栄〟を回復し、生活圏を確保しようと決心している。私が危険きわまりないと思うのは、彼が自分の〝生活〟を注視しようとしないで、〝思想〟に眼を走らせようとする、そのロマンテ

イシズムの特性である。自分と自分の生活を破壊してまでも〝思想〟に殉じようとする、その〝純粋さ〟が兇器なのではあるまいか。これは他者を考えない。まったく、考えない。アルジェリア人のどんな積年の、また現在の、〝懊悩《おうのう》〟も、その生活も、眼に入らない。自分の行動と〝理想〟が誰を益するためのものであるかという、別の他者への自分の現実的な機能についても、まったく考えようとしないかのようである。かつての日本の青年の情

郊外風景

傑作の一つであろう。

壁の白と屋根の赤の対照のあざやかさが眼にしるい。この壁の質感はみごとである。ユトリロは効果のためならどんな材料でも使った。漆喰をまぜ、セメントをまぜ、もしその必要があれば泥にでも塵芥箱にでもその場で平気で手をのばしただろうと思われるのだ。

私たちは肉眼で眺めることの困難さと稀《まれ》さを知っている。網膜の裏にたくわえられ、散乱した無数の埃りっぽい観念や言葉や役立たずのイメージで人と物を眺めて暮しているのである。ときたま特異者があらわれてこのこわばった習俗のにごった膜を裂いてみせてくれる。膜の裂けめにのぞいた一つのものがこれである。(開高)

Rue Carnot, Stains (Seine-Saint-Denis)　1908-1909頃

熱とまったくおなじだ。この点については。

約束の『デュポン』というキャフェには六時頃にいった。この店はあちらこちらに出店を見かける、大きなキャフェである。店に入ると、入口すぐのところの席に大江君[*8]がすわっていた。ご自慢の、スポーツ用品大特売場で買った暗褐色の皮のコートを着こみ、鹿角のボタンをいじりながら紅茶を飲んでいた。どうして連絡がついたのかわからないが、『毎日新聞』の草壁久四郎氏がそのよこにいた。カメラを二台持っていて、その一台をよこし、私に写真をとるようにといった。窓から戸外を眺めると、一台一台と警察車が警官を満載してやってきては、広場のあちらこちらにおろしてゆく。鉄カブトに自動小銃に棍《こん》棒《ぼう》、ピストル、という完全武装だった。

田中君が警官の群れをかきわけてやってきた。サルトルの秘書とは何度も連絡をとったけれどだめだったと言った。秘書の話から想像するところでは、サルトルは昨夜からこの集会の作戦打合せに走りまわっているのではあるまいか、というのが田中君の推測であった。コニャックを飲んで体を温めながら彼の話を聞く。フランスのデモは日本のとすこし変っていて、指定の広場の入口あたりでみんなうろうろしていてから本隊がやってきたときにドッとそれに流れこむ。流れこんだらたがいに腕を組みあって、広場の中心へ進む。そこでサルトルが演説するかも知れない。くれぐれも〝アン・プチ・パッケ〟(小さな包み)に注意してほしい。妙な新聞紙包みがおちていないともかぎらない。見つけたら逃げること。とにかく、いちもくさんに逃げること。このあいだサルトルが反右翼の演説をしたとき、ＯＡＳから予告があって十二時十分に警戒しろという電話だった。演説は十二時に終った。十分後に爆弾が演壇のしたで炸裂した。さいわいそのときサルトルは会場をでていたので一命をとりとめたが……

「おどかさないでくれよ、もうたいていビクついてるんだから。戦争中も戦後もどうやら生きのびてきたのにこんなとこでやられたんじゃたまらない」

「いや、ほんとなんだ。まじめな話なんだ。責任は持ちませんからね。あなたが消されてもぼくは知らないよ」

「日本文学がまた百年おくれるよ」

「いや、大江さんを入れて二百年かな」

「映画はどうなるんです、映画は。日本映画は何百年おくれます？」

しゃべりあっているところへ、タキシードを着た、堂々たる給仕長があらわれた。テーブルのそばにたち、手をもみながら、トマトのように血色のよい顔へいっぱいの微笑をうかべた。そして、いんぎんに頭をかるくさげて言った。

「警察の命令で店をしめなければなりません。電灯も消します。あと三分ぐらいはいいのですが……」

愛想よく戸外に蹴りだされた。うしろで窓のなかがたちまち暗くなった。歩道を歩いてゆくと、警官が梶棒のさきでお尻をこづいて追いたてにかかった。ぐずぐず歩いてゆくと、ある薬局のおじさんが大急ぎで鉄扉をおろそうとしてクランクを巻きにかかっているのを見た。慣れているようでもあり、あわてているようでもある恰好がおかしかった。

地下鉄もバスもタクシーも、みんな閉鎖されるか、とめられるかした。広場のあちらこちらから追いたてを食った人たちがアンリ四世通りの入口に集ってきた。歩道も車道もいっぱいで身うごきならなくなってきた。水門にひしめく魚の群れのようだった。いつのまにか人ごみのなかで田中君や大江君からはぐれてしまった。まわりにいるのは学生、労働者のほかに、ふつうのおかみさんや、お嬢さんや、勤人風の男たち。武装警官の新しい一隊が警察車で到着すると、みんながいっせいにからかいはじめた。

「ポーリース！」

パンソンの丘

静かな愉悦が土と木と空にみなぎってきた。雨あがりの道に日光が閃く瞬間、油のおちたぬかるみは輝きたってスペクトルの七彩を散乱させるが、ここにある新鮮さ、透明な輝きはその泥にも似た美しさを持っている。無垢のうるんだ眼がひらかれ、木立にベンチを配って坂をおりてゆき、地平線に清浄な暮しのための屋根を配って歩いた。ユトリロはこのとき、思想もなく、道徳もなく、ただ皮膚に生きるよろこびだけをみなぎらせて物と色を生んで歩いた。ここはあきらかに人間の土地である。枯葉のしめやかな、温かい匂いがたちのぼり、ふとよこぎる窓からは淹《い》れたばかりのコーヒーの香りがあざやかな縞をつくってただよってくる。(開高)

CAFE DAUBERCIES, Butte Pinson, Montmagny (Val-d'Oise)　1908頃

「ポーリース！……」

　とつぜん歓声があがった。どこからともなく横幕のプラカードをかかげたデモ隊があらわれた。字を読もうとすると、まわりの人びとがいっせいに叫びつつ走りだした。

「アルジェリアに平和を！……」

　その卒直な激情の流れのなかでつめたく佇んでいることができなかった。私はカメラを半オーバーのしたにかくすと、みんなの走る方向について走った。しばらく走ってふりかえると、田中君と大江君の走っているのが見えた。三人で腕を組んで隊列のなかに入った。誰かがビラのかたまりを暗い夜空に投げた。

「OAS、人ごろし《アツサツサン》」

「OAS、人ごろし……」

「アルジェリアに平和を」

「ファシズムを通すな！」

　あちらこちらで誰か一人が声をあげると隊列のみんながいっせいに合唱するのである。学生や女子大生にまじって門番風のおかみさんや銀行員風の中年男なども叫んで歩いていた。酔っぱらった一人の老人が体をよろよろさせながらもみんなのあとについていこうとあせりつつ叫んでいるのを見た。老人はついいまさきまでそこらの町角で一杯ひっかけていたのにちがいないが、叫んでいる顔はまじめだった。私はうたれた。この夜の群集は全パリ市民の総人口にくらべれば、ほんのわずかなものだといってもよいと思うが、その顔と声はいままでにこの町で見たどれともことなっていた。キャフェや、市場や、学生街や、画廊、宮殿、河岸っぷち、応接室、駅、映画館、劇場、ストリップ小屋……どこでも見かけるフランス人と、まったくちがっていた。彼らは肩をすくめたり、下くちびるをつきだしたり、利口な眼を速くうごかしたりしなかった。オ・ラ・ラと言ったり、人生テソンナモノサと言ったりはしなかった。疲れてもいず、倦んでもいず、〝没落〟してもいなかった。〝まなざしのごとくすばやく、たわごとのごとくからっぽなフランス人〟ではなかった。過剰な感覚や過剰な内面生活がそのあげくにかならず生みだす冷笑癖や、むなしい芝居がかった身ぶりがなかった。

小さな新聞包みはどこにもおちていなかったが、たちまち警官がおそいかかってきた。広場の中心までは、〝OAS、アッサッサン〟の掛声で調子よく進んでいったのだが、そのあとがいけなかった。そろいもそろって柔道三段くらい、肉厚で、完全武装した、胸も肩も橋脚のようにたくましい連中が棍棒ふりあげてなだれこんで来た。そして、ものも言わず、かたっぱしから人をひっつかまえては殴ったり、蹴ったりをはじめた。老、若、男、女、カモシカのようなお嬢さんも、酒樽《さかだる》のような酔っぱらいもなかった。ひたすら全身の力をふるって殴りつけるのである。舗道にころがった若い娘を殴ったときは、ほんとに頭の骨のきしむ音が聞こえるかと思ったほどだった。見るなり、キャッと叫び、たちまち組んでいた腕をほどいて走りだした。どこへ逃げてよいのかわからない。あちらへうろうろ、こちらへうろうろしながら、みんなの走るあとについていちもくさんに走っていった。こ

ラ・フェールの教会

これもまた祈りのつぶやきである。

〝おお、主よ、
わが心と肉体を嫌悪の情なく眺め得させる
力と勇気をあたえたまえ〟

しかし、宗教はここでは意味を持たないもののようである。あるのは造形と配色と、森閑とした午後の空白の一瞬。しかし鋭敏な感性はそのうしろにひめやかな、おろかしいまでにかたくなな祈りのつぶやきを読むだろうとも思われる。

壁の白がふしぎに温かい。とりわけ晴れるとも思えず、しらじらしいのに、ふしぎに温かい。(開高)

編集部注
実際に描かれているのはフェール＝アン＝タルドゥノワのサン・マクル教会。ラ・フェールの教会とされた経緯は不明。

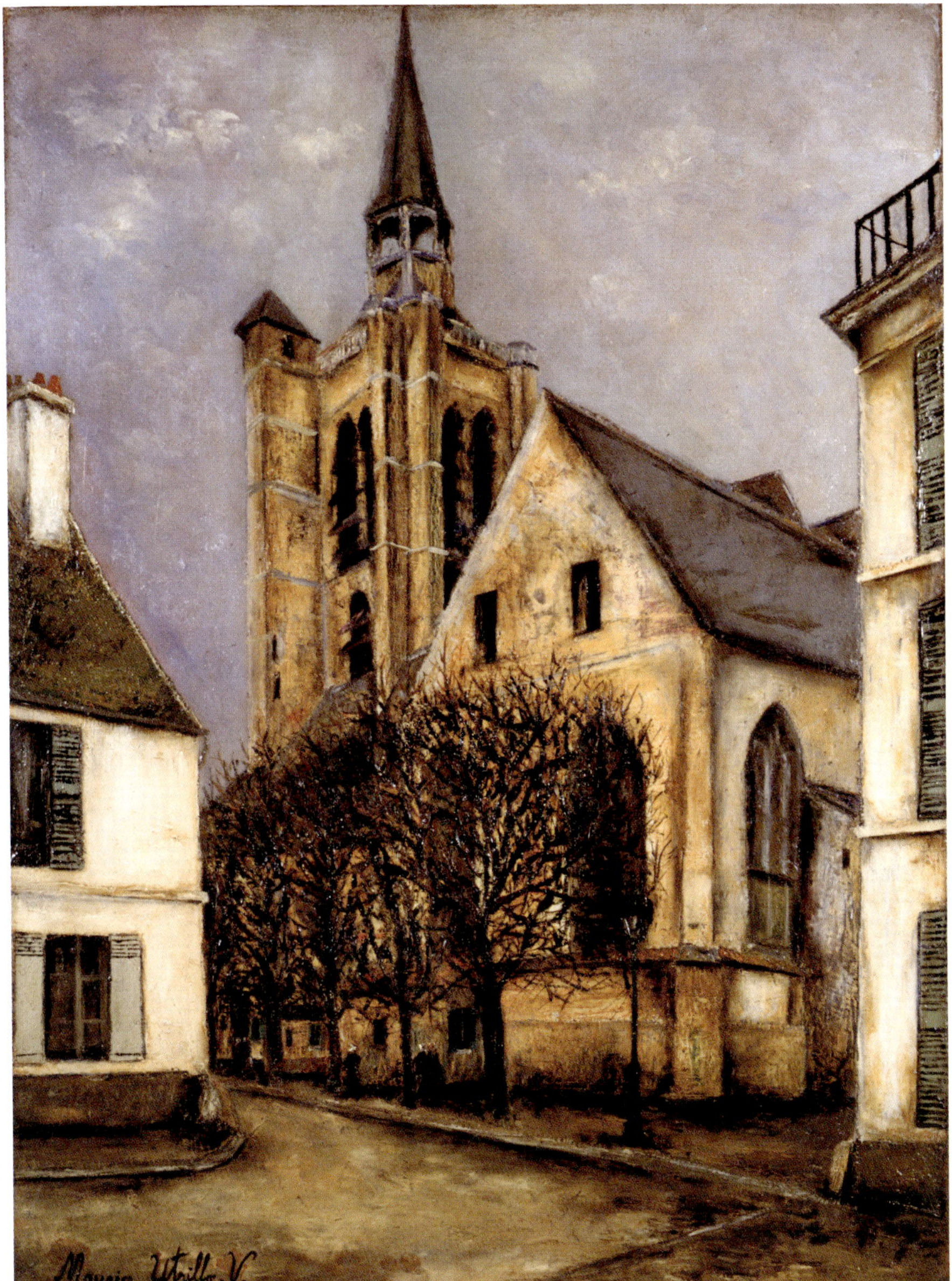

Eglise Saint-Macre, côté est, vue de la rue Jules Lefèbvre, Fère-en-Tardenois (Aisne)
1912-1914頃

れが水族館のイワシである。あらかじめ警官隊があけておいた、たった一つの出口へそのままなだれおちていったのである。

　みんなは狭いサン・タントワーヌ街を走っていった。はじめのうち、ちょっと走ってはたちどまってもとへもどろうとし、警官に殴られる。またちょっと走っては、たちどまり、もどろうとする。また殴られる。レインコートを着た門番風のおかみさんが、走りつつうしろをふりかえって
「……ゲシュタポ！」

　と叫んだ。

　みんなはそれに声をあわせ
「ゲシュタポ！」

「ゲシュタポ！」

　いっせいに合唱した。

　おそらく、フランス人の警官にしてみれば、それは、東京の警官が〝番犬〟とののしられるのよりもさらに痛烈なことであろう。骨身にひびくにちがいない。ナチス。〝ナチ〟という言葉をつぶやくときのフランス人のはげしい侮蔑の表情は私も何度か見ている。

　この合唱のなかで皮ジャンパーを着た青年の一人が、夢中になってゴミ捨てのドラム罐を足がかりにして街灯によじのぼった。

「バスチーユ広場へもどれ。バスチーユへいけ、バスチーユへいけ……」

　彼の曽祖父が叫んだにちがいない言葉をくりかえし、くりかえし、叫んだ。が、このとき、群集はもうすっかり圧倒されて、ちりぢりバラバラになっていた。狭い街路の壁のうえにはつぎからつぎへとなだれおちて逃げ走

る靴音が、さわがしい、長いこだまとなってふるえているだけだった。迫ってくる警官の姿をみとめて、皮ジャンパーの青年は街灯からとびおり、猫のようにどこかへ走っていった。
　サン・タントワーヌ街のはずれでウロウロしていると、田中君が逃げてくるのに会った。しばらく二人で、つめたい風に吹かれていると、大江君がどこからか飛んで来た。あまりさむいので、三人でちかくのキャフェに入り、ラムを飲んだ。外国人でこのデモについて走ったのは私たちだけではなかったらしい。そのキャフェにイギリス人の建築家が入ってきて、いっしょのテーブルでラムを飲んだ。お金は私たちが兵隊勘定で払ってやった。彼は昂奮して、警官の非道を非難し、パリの警察力の四〇パーセントが動員されたとはなにご

とだ、とくりかえしていた。

一時頃、旅館にもどって、寝た。

新聞を読んで、いくつかのことを知った。田中君も説明していたことだったが、この抗議集会は共産党が提唱し、それに対して労働組合、全学連、社会党各派その他が応じ、いわば厳密な政治的教養をこえた、普遍的な立場からの抗議を共同戦線でおこなったものである。集会許可の届けを内務省にだしたが、不許可となった。つまり、〝非合法〟になったのである。このことについて、警官の組合が内務大臣に懇請している。OASに反対なのはわれわれでもおなじことなのだからこの集会がみとめられないとなるとわれわれはまったく立場を失ってしまうではないか、というのである。しかし、結局、その抗議も容《い》れ

屋根

パリの屋根の海をたぶんモンマルトルの丘あたりから見おろした風景である。ゆたかな色彩感覚がまんべんなくゆきわたり、空の静かさ、緑の屋根、白い壁……すべてにひそやかだが全身的なよろこびがこめられている。乱酔と錯乱のすきまにかいま見た至福の幻覚であろう。正常すぎるほど正常な世界の一隅、彼にとってはそれが異常で非地上的なものに映った。求めて得られぬ欲望がこうした作品を生んだ。ここではすべてのものがその位置と価値をあたえられている。石は石であり、橋は橋である。解釈はないのである。眺めることに悦びがあればそれで見る人はつとめを果したこととなる。あどけない、無邪気な、たのしい作品である。(開高)

編集部注
実際に描かれているのはパリ北郊のモンマニーの風景。

ごぞんじのようにパリには……

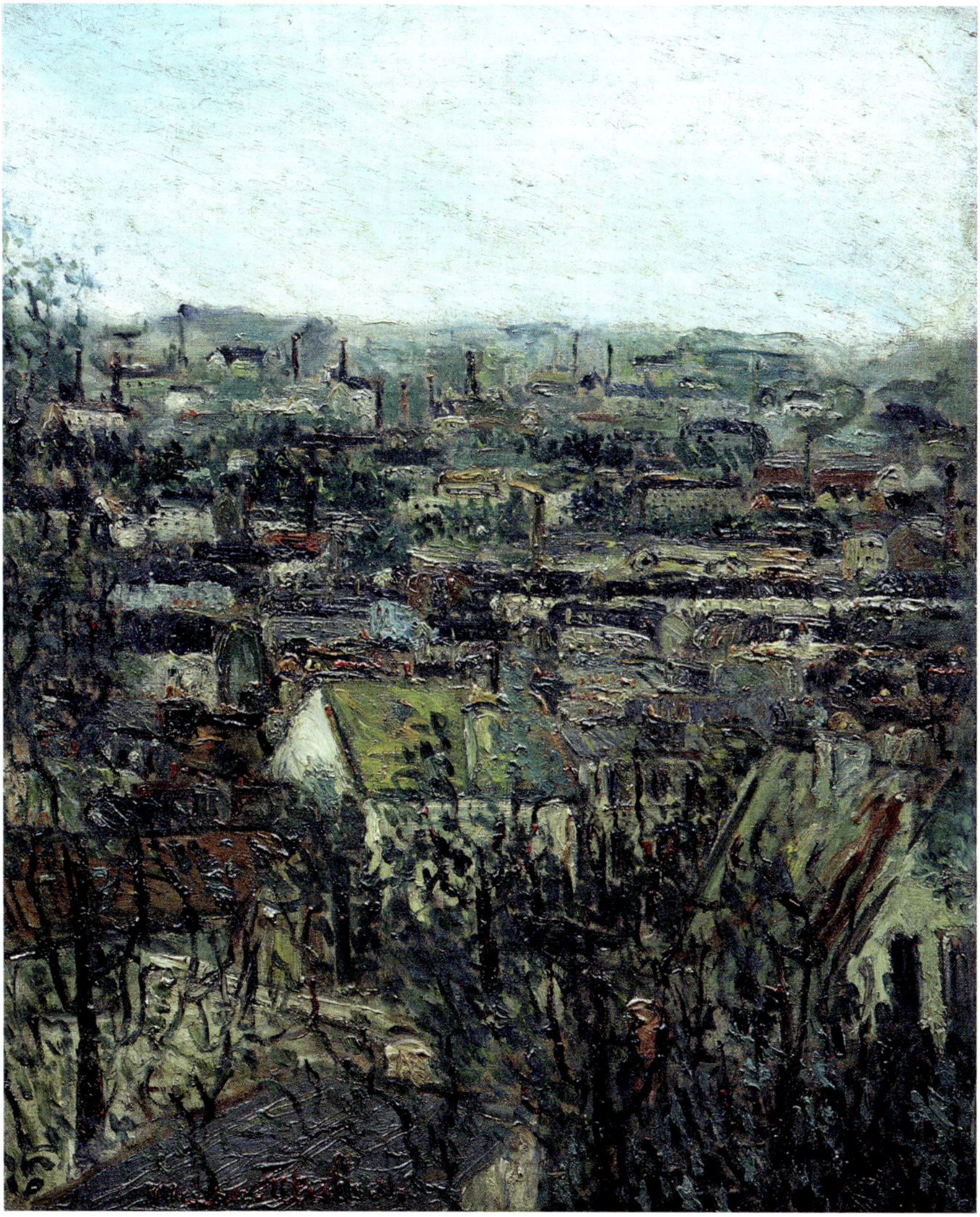

Toits, Montmagny (Val-d'Oise)　1906頃

られなかった。何日かしてからシュジーに会ったとき、こんな話を聞いた。パリには二つの警察がある。国警と市警である。市警の警官はマントを着て町角にたち、お婆さんと犬が交叉点《こうさてん》をよこぎるのを助けてやったりしている。おおむね善良で、職業にユーモアを持ちこむことを忘れていない人間が多い。ところが、いっぽうの国警というもの、これは説明するまでもないでしょう、あなたがたっぷり味わったとおりよ、ゴリラだわ……

「この家のちかくの市警のお巡《まわ》りさんにこないだ聞いたんだけどね、オレたちはサンドイッチのハムみたいなもんだっていったわ。右と左の両方からハサミうちになってどうしようもないというわけヨ」

新聞には、また、セーヌ県の県議会に警視総監が呼びだされ、十九日夜の件で全議員から総攻撃をうけてつるしあげられた、という記事もでていた（けれど、この二月八日にバスチーユ広場でまた大弾圧があって死者八人という事件を起しているところをみれば、これがいっこうにききめがなかったばかりか、ますます悪化をたどっていると言えそうである）。

会うたびにシュジーが金茶の髪のなかから猫のような眼を輝かせてフランスの泥沼政治と各政党の反応、およびその背景につき、私を啓発にかかってくれるのだけれど、何度聞いてものみこめない。話を聞いているあいだは複雑怪奇ながらもよくわかったような気がするのだけれど、しばらくすると、たちまち糸がもつれてしまって、なにもわからなくなってくるのである。

音《ね》をあげて
「……ああ、わからない」

と言うと、彼女は
「あたりまえヨ」

澄まして、キメつける。

遠くから眺めて簡単すぎるデッサンをつくってみると、三つの力が浮かんでくる。ド・ゴールと、OASと、FLNである。これがアルジェリアをめぐってあらそってきた。そして、この三つのうち、どの一つもがそれぞれ他の二つを、〝敵〟と見ている。ド・ゴールはOASとFLNを、OASはド・ゴールとFLNを、FLNはド・ゴールとOASを、ということである。それぞれ自分のなかに分裂の要素は持っているらしいけれど、まずこの三角形の構図はまちがいのないところだと思うのである。しかし、これでは、私の記憶が説明しつくされないばかりか、いや、この三角形もゆがんで見えてしまうがないのである。と、いうのは、もしド・ゴールがほんとにOASとFLNを〝敵〟としているのなら、なぜあれほど苛烈に反OAS抗議を弾圧しなければならないのか、説明がつかなくなるのである。あそこの広場ではFLNに対する敵意だけがさらけだされていた。OASに対する敵意でその力が二分されているという気配は爪の垢ほども感じられなかった。警官のあさましい獰猛《どうもう》さのなかには、あきらかに、〝非合法〟集会を鎮圧する職業的熱中以上のものがあったように思えてならないのである。

ド・ゴールは行政者で警視庁は司法者である

から問題は別《わ》けて考えなければならない、という意見がでてきそうに思うが、それは〝理想〟の三権分立で、私には納得のいかないことが多すぎるのである。ほんとにド・ゴールはOASを〝敵〟としているのか？　また、逆に、ほんとにOASはド・ゴールを〝敵〟としているのだろうか？……

ある夜ふけ、あの乱闘の夜にビラをまいていた者がいたことを思いだし、寝床から這いだしてズボンのポケットをしらべてみた。地下鉄や映画館の切符にまじって青いビラがでてきた。読んでから、訳してみた。『若き抵抗』というグループがバラまいたものらしい。右翼が『若き国家』をとなえるから、それに対抗してそういう名をつけたのではないかと思われた。

『数カ月来、フランスではファシストたちが騒々しく、しかも大手をふってうごいている。彼らは政府に保護され、助けられている。

各政党、企業組合、民主主義運動団体などは、これが自分たちだけの問題だと考えるべきではないことを理解して反撃にでているが、この脅迫に対しては防衛的な反応しか示していない。

それでは不十分だ。攻撃しなければならないのだ。

ファシズムの源は、大植民地主義者と、職業軍人と、彼らの戴《いただ》く政府とによってひき起された植民地戦争にある。

攻撃しなければならないのは彼らである。

〝若き抵抗〟こそは攻撃的な反ファシスト運動を起した最初の人間であった。

ごぞんじのようにパリには……

八年来、権力とたたかいつづけているFLNとの積極的な連合により

たとえばフランスの革命的な諸勢力を導いて自ら戦争をやめさせ、また、OASに対するたたかいのみならず戦争の機械の全面的停止によってファシズムへの道をとざすことを試み、また、継続してきた、そのさまざまな活動により

事件の中心にあって抵抗を組織しなければならない。

OASのブルジョアの責任者たち、彼らに資金をあたえている人間たちを攻撃しなければならない。

戦争の可能性を破壊しなければならない。

◎鉄道員諸君、波止場労働者諸君、兵士と資材の輸送や積みこみを拒みたまえ。

◎学生諸君、労働者諸君、農民諸君、あらゆる手段をつくしてこの運動を支持したまえ』

これはバスチーユ広場でひろったビラである。暗かったので誰がまいたのか、わからなかった。ほかにもビラはまかれているように思うが、私のひろったのはこれだけだった。どんなグループなのだろうか。どんな活動をこれまでにしてきたのだろうか。共産党の論旨に似ているように思うが、関係はあるのだろうか。あるとすればどんな関係なのだろうか。

フランスの左翼は、これまで、アルジェリア問題については、ある分裂を意識していた。つまり、アルジェリアの民族解放と独立ということについてならFLNと完全に握手しなければならないのに、それが、かならずしもそうではなかった。いつかサルトルがどこかでその態度を非難しているのを読んだような記憶がある。フランスの左翼の心性のなかにも原則と反する心性があるというのだ。〝フランスのアルジェリア〟という伝統的な感覚の呪縛から完全には解放されていないのである。FLNを支持するまえに十ぺんくらい〝よきフランス人〟であることをくりかえしたうえでなければ握手ができないというのである。シュジーも似たことを説明してくれたことがある。彼女は〝ラディッシュ〟という比喩を使った。〝赤大根〟というのだ。外皮は赤くて、中は白いというのだ。おなじ傾向をさして言ったのではないかと思う。サルトルはアルジェリア問題に関するかぎり左翼はナショナリズムを捨ててインターナショナリズムの立場に立ち、ＦＬＮと完全な握手をして大義をつらぬこうという主張をしていたように思う。たしかにシュジーの言うとおり、アルジェリアに対するフランス人の内面の、感覚的な反応については、外国人旅行者にとって臆測の困難なものがたくさんひそんでいるようだ。『若き抵抗』のグループが植民地の苦悩を解放して独立を推進するフランスの諸勢力の統合に成功することをねがうばかりである。狂的な国粋主義の兇悪な幻影が消えることをねがうばかりである。私の希望は、それ自体は、単純素朴なものなのである。おそらく、もう、ＦＬＮの実質的な勝利は、時間の問題でしかなくなっている。おびただしい懊悩と流血の果てに……

クリスマスの夜は彼女の家へいった。乾いて、つめたい夜だった。舗道を歩いていると、石の町に特有のつめたさが足から這いあがり、腸を浸して、骨にしみこんだ。学生も勤人も、みんな休暇をとって田舎へでかけ、ふたたび夏のように町は鯨の骨となって暗い空のしたにおちていた。赤と、金と、黒の輝く飾窓を画廊のようにひとつひとつのぞきこみながら歩いていった。サン・ミシェル通りに廃兵たちのひらいている夜店は、いつもの歓声や空気銃の発射音が消え、テント張りの小屋の棚にならぶ人形や酒瓶が埃りをかぶっているようだった。ひとかたまりのあたたかい霧が鼻さきをかすめたので、そちらによってゆき、焼栗を買った。これは白ぶどう酒にいいのである。キャフェに入って四杯ほど〝風船玉〟

で飲んだ。乾いた馬小屋のような匂いのする安《やす》煙草《タバコ》のけむりのなかで、何人かの人びとが、ガラス玉のような瞳を瞠《みは》って、放心していた。あるいは、肩をすくめてみせ、また下くちびるをつきだしてみせていた。あたたかくて、うつろで、どこか疲れた下着を思わせる。使い古され、よく慣れた家具がならんでいるようでもあった。先夜の、あの叫び声はどこにもなかった。人びとは疲労か機智かにふけっていた。あの広場はつい目と鼻のさきにあるのだが、ガラス窓と虚無にさえぎられてすっかり沈んでしまったかのようである。ふしぎでならない気持がする。酒が肉の内側をつたっておちてゆくとき、すこし酸っぱくて、すこし熱い水が流れてゆくような感触を味わった。

シュジーに会うと、いくらか、治ったようだった。レコードを聞いて私は彼女といっしょにおなかをかかえてソファのうえで笑った。酒は、もう、熱くて酸っぱい水のようには流れていかなかった。声色芸人が持ちまえの茶目を発揮してド・ゴールを皮肉りたおしているのである。〝オート・シルキュラシオン〟(自動交通)という題である。〝民族自決《オート・デテルミナシオン》〟にひっかけているのだ。泥沼状態のアルジェリア問題をパリのどうにもならない交通地獄に見たて、ド・ゴールが演説をぶつ、という趣向である。王様は、悲壮な、大時代がかったふるえ声で文明の災厄を市民に訴える。おお、フランスの男よ、フランスの女よ、われを助けよ。するどくて、奇抜で、笑わずにはいられなかった。笑っているうちに、ようやく私は、さきほどの店で出会った感触を忘れ

ることができた。

シュジーがたずねた。

「ねえ、どう、この物真似？」

私が答えた。

「おもしろい。フランスの政治がもっとよくわかっていたらもっとおもしろいだろうと思う。わからないことのほうが多い。けれど、ド・ゴールがこれを聞いたら、ユーモアの感情と一種のさびしさをもってうけとるでしょうね」

彼女が答えた。

「彼がユーモアの感情でうけとるだろうということはそのとおりだと思うけど、さびしさなんてないわヨ。彼は自分がフランスの宿命だと思ってるんですもの。ド・ゴールは完全な自信家だわヨ」

彼女の夫がつぶやいた。

「……おれは、もう、君のように若くないんだ。議会には十五もグループがあって、何が何やら、さっぱりわからない。おれはくたびれたよ」

そう言ったあと、ドイツ語で、ひくく、カプート！……とつぶやいた。もう、ダメだ、と言うのだろう。シュザンヌは、肘掛椅子に沈みこんだ、まだ四十歳くらいの夫を、じっとだまって、眺めていた。

（「声の狩人」　１９６２年初出）

編集部注

サルトル＊1　フランスの哲学者、作家。１９８０年没。とくにその実存主義と小説『嘔吐《おうと》』は開高健に最大級の影響をあたえた。ルポルタージュ『声の狩人』（岩波新書、1962年）にこのときのサルトルとの会見記がある。

アルジェリア問題＊2　当時フランスの支配下にあったアルジェリアの独立運動が国論を二分、三分する大問題となっていた。1954年にアルジェリア民族解放戦線（FLN）が設立され、その軍事部門である民族解放軍がフランス本土でも闘争を展開した。アルジェリアは62年に独立。

nrf版＊3　フランスの文芸誌「新フランス評論」La Nouvelle Revue Française の略称。サルトルはじめ、20世紀のフランスの文学者の多くが同誌によって育成された。外国文学紹介にも注力。

OAS＊4　Organisation de l'Armée Secrète　アルジェリア戦争当時、フランスに存在した極右民族主義組織。アルジェリアの独立に反対し、爆弾テロなどを展開した。

ド・ゴール＊5　1959〜69年フランス大統領。70年没。アルジェリア問題では独立を支持、容認した。

サラン将軍＊6　アルジェリア派遣軍司令官。ド・ゴール政権成立を後押ししたが、ド・ゴールがアルジェリア独立容認にまわると軍部内の反ド・ゴール勢力の先頭に立った。

FLN＊7　アルジェリア民族解放戦線（Front de Libération Nationale）。1954年、フランスからの独立をめざして結成された。

大江君＊8　作家・大江健三郎。このときの欧州旅行を開高健とともにし、のちに同じ席でサルトルと会見している。なお、このとき通訳をつとめた田中良は、開高健と同い年の若い学徒だったが、31歳で急死したと『声の狩人』のあとがきにある。

【本書のなりたち】

＊本書は**『現代美術15　ユトリロ』**（みすず書房、1961年）収録の開高健の文章とユトリロの絵、および開高がパリについてふれたエッセイ類を再編集し、パリ在住の写真家・山下郁夫氏の写真を加えて編んだものです。

＊**出典**は以下のとおりです。

・**「何年も以前になるが……」**→「モーリス・ユトリロ」（全文）『言葉の落葉Ⅱ』（冨山房、1980年）所収

・「**パンテオンの正面のゆるい坂……**」→「タケシのパリ」（全文）『言葉の落葉Ⅲ』（冨山房、1981年）所収

・パリ断章①「**《ここ以外ならどこへでも》と……**」→「靴を投げて」（部分）『ああ。二十五年。』（潮出版社、1983年）所収

・パリ断章②「**パリですごすのに……**」→「お酢とぶどう酒」（部分）『地球はグラスのふちを回る』（新潮文庫、1981年）所収

・パリ断章③「**パリにきてから数日ぶらぶらと……**」→「季節の上に死ぬな」（部分）『ああ。二十五年。』（同前）所収

・パリ断章④「**数年前、パリにいたとき、某夜……**」→「ドアと文学」（部分）『開高健全集13』（新潮社、1992年）所収

・パリ断章⑤「**夏の入りのパリ。**」→「革命はセーヌに流れた」（部分）『開高健全集10』（同前）所収

・パリ断章⑥「**某日、シャンゼリゼ大通りの……**」→「続・思いだす」（部分）『完本 白いページ』（潮出版社、1978年）所収

・「**ごぞんじのようにパリには……**」→「声の狩人」（全文）『開高健全集10』（同前）所収

・「**めいめい〝旅〟についての……**」→「いい旅とはなんだろう」（部分）『言葉の落葉Ⅳ』（冨山房、1982年）所収

（なお、原文の固有名詞の表記にばらつきがある場合は本書全体で統一しました）

＊**『現代美術15　ユトリロ』**には開高が解説（キャプション）をつけた絵がカラーで25点（カバー絵含む）あり、本書はその再現を目指し、ユトリロの道徳的著作権所有者であるパリの「モーリス・ユトリロ協会」を通じて同一とおもわれる絵の画像の収集に努めました。ただ、ユトリロがその生涯にわたっ

て同じ画題（テーマ）をくりかえし描いていること、同画集に掲載された絵には欧文タイトルが記されていなかったことなどで、画集の絵のすべてを同定するまでにはいたりませんでした。そのため本書では、画題・制作年ともに同一の画像、および、制作年は若干異なるが画題が同一の画像を、開高健が解説文を寄せた絵として掲載しています（欧文タイトル、制作年のないものは不詳）。また、同画集に執筆当時、開高が得ていた情報がまちがっていたために、現在確認されている正式な画題（タイトル）と開高の文章に齟齬《そご》が生じている作品については、注を付しました。

＊**本書全般**にわたり、参考文献として『開高健書誌』（浦西和彦編、和泉書院、１９９０年）を使用しました。

＊**本書内**には、今日の人権意識に照らせば不適切な表現がなされている箇所がありますが、著者が故人であり、また著者の芸術と向き合う世界観を尊重し、作品に映し出された時代の問題をそのままの形で残しておくことも作品を復刊する意義であると考え、原文どおりとしました。

開高 健〔かいこう・たけし〕

１９３０年12月30日、大阪生まれ。小説家・ノンフィクション作家。大阪市立大学卒。壽屋宣伝部在籍中の58年「裸の王様」で芥川賞受賞。79年「玉、砕ける」で川端康成文学賞、81年に一連のルポルタージュで菊池寛賞、87年「耳の物語」で日本文学大賞受賞。小説作品に「パニック」「日本三文オペラ」「輝ける闇」「夏の闇」「ロマネ・コンティ・一九三五年」「珠玉」など、ルポルタージュに「声の狩人」「ずばり東京」「ベトナム戦記」「人とこの世界」など、エッセイ集に「最後の晩餐」「白いページ」など、釣魚紀行に「フィッシュ・オン」「オーパ！」などがある。89年12月9日、58歳で死去。

編集部注

カバーにも引用した言葉「若きの日に旅をせずば……」（次ページ）は開高健がよく揮毫《きごう》しエッセイにも書いていて、いくつかのヴァージョンがあります。１９７８年のエッセイ「若きの日に旅をせずば……」ではこの言葉の主はたしかゲーテで、自分にとって旅ということを考えるときにきまってでてくる言葉の一つである、と書いています（『ああ。二十五年。』所収）。

めいめい〝旅〟についての哲学と抒情詩を持つ。

それは料理や、恋や、夕焼とおなじように徹底的に個人的で、偏見である。

無邪気でありながらそれゆえ深刻である。

他人につたえようがないから貴重であり、無益だったとしても、だからこそ貴重なのである。

若きの日に旅をせずば、老いての日に何をか語る。

そういうものですよ。


（「いい旅とはなんだろう」より　１９７４年初出）

編集協力　公益財団法人 開高健記念会　モーリス・ユトリロ協会　イズ アート
装丁・組版・デザイン　伊藤明彦（アイ・デプト.）
写真提供　山下郁夫（風景）　開高健記念会（開高健写真）
地図作成　クリエイティブメッセンジャー

開高《かいこう》健《たけし》のパリ

二〇一九年九月一〇日　第一刷発行

著　者　開高《かいこう》　健《たけし》
発行者　茨木政彦
発行所　株式会社　集英社　〒一〇一-八〇五〇　東京都千代田区一ツ橋二-五-一〇
電　話　編集部 〇三-三二三〇-六一四一　読者係 〇三-三二三〇-六〇八〇　販売部 〇三-三二三〇-六三九三（書店専用）
印刷所　凸版印刷株式会社　製本所　ナショナル製本協同組合

ISBN978-4-08-781677-8　C0095